台灣

好男

台灣

好男

洪素麗——著

台灣好男

自序

洪素麗

很久以前，讀到一篇文章，內有一句說：「——我們的生存，是倚靠了別人的好意。」意思是說：一粥一飯，都是來自別人的奉獻。同樣的，我的寫作與繪畫事業，也全是借助許許多多人的加持與協助。

《台灣好男》這本書的出版，感謝廖志峰及其團隊的愛護與照顧。這本書的寫作，是拙書《台灣好女》（「聯合文學」出版社，二〇一六年十月出版）的延續。

書裡出現的人物，很多是白色恐怖的受難者，我們的好山好水誕生的好國好民，受到外來政治勢力的劫難，我有責任做部分的記錄。不是爲了哀悼，而是爲了提醒，希望悲傷的歷史不要重複。

然而人類歷史不由分說，在香港島嶼上，正在重現數十年前台灣的「白色恐怖」香港版。祝福香港人，能和台灣一樣，掙脫厄劫磨難，爭取到和平、自由、民主與獨立。

天佑香港。天佑台灣。

天佑世界和平永續的明亮未來。

二〇二〇年七月八日寫於紐約

目錄

凝血的花

革命之血凝成花

我是我的時代的傷兵
而且傷痕纍纍。
我的日子，虛空而惶恐。
而我已經一百零三歲。

綿長的日子，一天一天過。嬰孩時期，家境非常好，我受到全家族的呵護。順利上學。然後十八歲留學日本上早稻田大學。受到社會主義思潮的影響，去中國大陸投共。看到不可理喻的共產中國，以最激烈、最無人道的方式鬥地主。然後恍然體悟中國人與台灣人民族性的絕大差異。確認了自己台灣人的身分。

去了一趟中國生活，我對共產主義與中國沙文主義雙重幻滅，終於找到了自己。

回到台灣，被蔣家追捕、通緝。我假扮成香蕉扛工，在基隆碼頭，混入日本商船。在神戶上岸。神戶當局視我為偷渡客，要遣我返台。正好接到蔣家通緝我的公文。當下日本當局收容我。

我到東京開了一家餃子館。邊做生意邊寫書《台灣人四百年史》。白天努力工作賺取生活費，也為台獨運動貯備糧草與基金。晚上待在餐館樓上小間房裡，讀書寫書。一天二十四小時不浪費。

我先在日本組織台獨會。後來每年夏天訪美國的台灣同鄉會，爭取台獨同志。一九九三年，以自己的方式回台。租宣傳車在台北的大街小巷，以擴音器宣傳台獨。鼓動台灣年輕人參加台獨運動。

太陽花學運、反服貿、佔領立法院，宣稱「自己的國家自己救」。我大力支持他們，去立法院看學生們。帶炸雞給他們吃。我非常感動於學生們的年輕熱情。

革命情操如此樸素，如此充滿生命力，綻放的花朵是清新的、飽滿的。

餘生都在回望

我在上個世紀初年，加入一場學生運動。我和同學們也是以一種熱血澎湃的激情參與這場學生運動。

我與大部分同學都存活了。因爲當局並沒有大開殺戒。但我仍然悼念我的伙伴們，他們不吝付出生命，爲了堅持一個不可動搖的革命理念。

我以我血薦軒轅。我現在在晚年時候，特別懷念他們。美麗的青春，含苞的生機。

我的餘生都在回望。

每天咳嗽，是因爲空氣污染，而不是對人間絕望。

慌惚一生，如蜻蜓在雨前薨薨亂飛。

盛夏惶惶。玫瑰忽然盛開。

聖經裡的乳香與沒藥。

一朵烏雲降落港口。

烏鴉和塵埃在眼前飛舞。
人生只要不離開跑道，就能抵達終點。
革命，一個政權推翻另一個政權。方式是暴虐的。
攔住太平洋的堤壩。整個亞洲都啞口無言。
黃昏的田野，炊煙四面八方而來。
每棵榕樹都附帶一個鬼魂傳說。
紅色的小木橋，橋畔白色櫻花斜飛。

雨水穿透灰塵，歷史的穿鑿附會，不堪一擊。
沒有蛛絲馬跡，革命者的一生，非常黯淡、愴惶。
台獨獨立的呼喊。一波又一波。一個精英分子倒下，接力另一個精英分子。
大雨捶打，海洋傾瀉整座城市。
革命事業，就是幻滅事業。

人間有情淚沾臆，江水江花豈終極？
殖民專制統治。種族清洗。菁英屠殺。
哲古華拉坐在高高一棵樹上枝枒間，寫詩。
革命在付出血腥之前，必須擁有寫詩的浪漫。
鐵道旁開滿了血花。
而光陰皎潔，我不適宜肝腸寸斷。
春天瀰漫。夏日聲勢浩大。
「獨立是台灣唯一的活路」（鄭南榕語）
行道遲遲，載飢載渴。
在一個輪迴裡重新坐胎。
讓一棵樹，重新婆娑。
讓一朵台灣蘭花，盡情開放。

夕燒港灣

夕陽燃燒港灣。

十六歲的少年仔，自貧瘠的小漁村，來到港灣。夕陽轟轟烈烈燃燒整個偌大的港灣，少年震懾了，又生出莫名的歡喜。

從此，少年至老都醉心於落照的輝煌。即使後來事業壯大，孩子們成長，多位移居國外讀書、就業，他來兒女家做客，看到舊金山華麗盛大的海灣落日，好像是少年時代第一次看哈瑪星落照時，一樣的瞠目，一樣的雀躍。

少年在家鄉是長子。父母迫不及待要交棒給他。弟妹嗷嗷待哺。他自八歲時即隨父出海捕魚。教漢塾的老師特別喜歡他的聰慧好學。在他必需出海捕魚時，留下書本功課，隨時在他回船空檔時替他補課。公學校日語老師亦然。算準颱風天，漁船不能出海作業，日語老師專程來他簡陋的家，向他的父母討學生，務必帶他到教舍去補足他缺的日文課程。

他的學歷只有小學肆業。但是他能讀能寫中文和日文。身邊隨時帶著書本，隨時偷時間讀書。阿烈求知若渴啊！

阿烈年輕俊逸的外貌，略帶靦憨憂鬱的眉眼。引起未來岳父的注意。少年阿烈和父親出海捕魚的隔天，就騎腳踏車到另一村鎮去賣。一邊照顧魚攤，一邊讀著手邊能拿到的書。

準岳父把魚悉數買下，邀他去家中午餐。準岳父家境很好，是獨子，娶了四房妻小，長女已屆婚齡。兩年來媒婆踏平了門檻，要來提親。各色人等都被長女拒絕。她不喜歡有錢有勢的阿舍子弟，覺得他們沒出脫，只靠父蔭。寧可不嫁，長女和祖母特別親，有祖母撐腰，他是個有主見的女兒。準岳父瞭解她。看到這位賣魚的後生，覺得心裡撞擊了一下：「阿治會喜歡這位有志氣的後生！……」

主意打定，準岳父帶阿烈來到家中。先見見母親。又招幾位男丁出來打招呼。大家對這位後生仔都有好感。

傳到阿治耳中，祖母又特別描述這位後生「人很大器，有出脫！……」。

半年之後，阿治終於見到阿烈。兩人只對看一眼。沒說話。

祖母和爹決定了婚事。阿治沒有反對。祖母警告阿治：「阿烈家很窮。妳嫁過去要侍奉公婆、小叔及小姑們，裡外的事都由妳操持，而且有可能三餐不繼……」。

阿治沒出聲。心裡想著：「會有什麼難題考倒我嗎？」阿治很烈性，輸人不輸陣，一向把持著長房長女的威嚴，從來沒有畏首畏尾的習慣。

「有什麼難事，學著應對不就行了嗎？」阿治反駁祖母。祖母說，萬一有過不去的坎，回娘家來，祖母出面給妳靠。

果然。阿烈的家貞是又窮又破。超乎阿治原先的預期。

她一清早起床，即小跑步做各種繁重的家務：挑水、挑柴、煮稀飯、餵豬餵雞、侍奉公婆、小叔、小姑們，以及後來接二連三的孩子。

阿烈出外做工。去屏東種香蕉。去港灣的漁網工廠做工。太平洋戰爭時，因爲美軍轟炸港口及巴士海峽，日本人不能拉扶台灣青年去前線，阿烈同齡的台灣青年倖免被志願去作日本兵。

大戰之後，港灣像嚴冬後的解凍泥土，一株株幼苗破土而出。阿烈開始招集家鄉後生作船員，投資漁船生意。走近海的，一天內回船，走遠洋的，穿越太平洋到阿根廷外海捕魚。捕鯊。捕鯨。

台灣漁船配備不算先進，但是船員的膽大心細，追蹤漁群，三五隻船圍攏撒網的智慧與

技術，國際認證的一流！

阿列是天生的大將。精密收集漁訊情報，分析、組織、招集船員、劃分遠洋與近海的漁船隊伍，浩蕩出發。

滿載漁船回港時，阿列意興風發，和船主、船員們放鞭炮慶祝。漁獲的報償在阿列聰明調度分配下，總是能夠讓各方滿意。阿列出身貧困漁村的小漁人，他知道基層漁人的艱難。他有能力圓滿分配漁獲量。以便充實下一季節向海洋推進捕魚的再出發。

三十多年過去。阿列的子女不承繼衣缽。他把所屬的公司漁船悉數分配給各方的子弟兵。

漁業的興起，是台灣漁人勇敢與智慧的搏鬥。阿列並不通盤了解台灣的漁業史。他只是恭逢其盛，盡了一己的力量參與其中。晚年時候，他甚至不提他的豐功偉業。

他只是愛看落日。

在子女家的公寓陽台，面向太平洋落照。他靜靜看著魅麗無比、變幻雲彩的夕燒。夕燒港灣。奮鬥一生後，一場鑲滿金邊的完美結局。

阿列生而無憾。感恩塵世。

楊逵畫像

一九八二年暑月，鍾肇政先生和鍾延豪、高天生等人伴我去桃園看楊逵老先生。那是他的大兒子楊資崩的家。門外有綿延的稻田，稻田一角蹲著一間小土地公廟；坐在屋裡從開著的大門口望出去，便是綠色的稻田和紅色的小土地公廟。我一面聽楊老先生和鍾先生談話，一面望向大門外，覺得很可以作一幅大的套色木刻板畫：楊逵有深刻皺紋的臉，襯在這樣熟悉的臺灣農村風景裡，一定很好看。不知爲什麼，那時沒有爲他作幅素描，後來也沒有，只是在心裡記掛著。

這回聽到他過世的消息，把他送我的三本書——《羊頭集》、《鵝媽媽出嫁》、《楊逵的人與作品》拿出來，全部讀一遍，意猶未盡，又搜出李南衡編的《日據下臺灣新文學》文集五本，每本翻一翻，正如一張張散亂的昔人的臉，我有意把他們拼湊得完整一點，讓他們的面容能明晰一點，從塵裡霧裡顯現出來，看看無情歷史怎麼埋葬前人過往珍貴的履跡，無情的後人怎樣遺忘先人血污的容顏，奮戰的身影……。

那是一個多麼悲屈的時代啊！每一步路都是坎坷的！殖民地的臺灣孩子，又卑微，又堅強。賴和、呂赫若、王白淵、楊華、張文環、吳新榮、葉榮鐘、蘇新、鍾理和、王詩琅、楊逵……；一個個響噹噹的名字，把那段陰潮晦暗的歷史襯托得如此悲壯輝耀！

然而接下來的歷史也是難堪的，無可解釋的。最令我感動的是，楊逵寫的——〈我的小先生〉一文，記述光復後，楊逵夫婦怎麼跟七歲的次女學國語，小先生教得津津有味，兩位老學生學得興致勃勃。上課情形描寫得十分生動、有趣。不幸的那一天來臨，楊逵夫婦和五歲的幼女被不速之客帶走時，小先生剛從學校回來，午飯才吃一半，一滴滴眼淚滴到飯碗裡，偶而抬頭看父母一下，什麼都不說。楊逵要囑咐她把那碗泡了眼淚的飯吃完，吃得飽飽才好，但也來不及開口，即被帶走了。一走十二年，小先生也長大了，眞的執起教鞭，爲人師表，做一個稱職的好老師。

人世間太多的不平與災難，向誰去控訴？唯有品格修養高超者，如楊逵，能不被惡運擊倒，保持他的善良、大度、進取與樂觀。他對人生的忠實無怨，使他的精神永遠健朗，深裂紋溝交錯的臉上，永遠有向日的光采！

我要畫的便是楊逵的向日光采！我把年輕時的葉陶也畫進去，她的眉眼是低斂的，像觀音容顏，也是低眉斂目的。戴氈帽的楊逵，臉上濃縮了整個那一代（包括我們的父兄）的精神地圖，每一刀刻的線條，都是那個時代鮮明的履印和記號。然而他仍微笑著，勇敢地面對的一切已知，與未知。

一枝倒栽的玫瑰花，壓不扁，並且還是芬芳的，從窄縫中探出頭來，盡情開放。遠處是臺灣鄉景的山川草木，瓦屋，與做田的農人。靜物般永恆的風景，永遠是美麗的。

刻畫完成，我在心裡祝了一支香：——「楊逵先生，請安息罷！我們不會忘記您！」

原載《台灣文藝》九四期・一九八三年五月號

二二八紀念館

轟隆的軍用吉普車輾在街道的聲音。在半夜裡。戛然停下。吉普車上跳下持槍的憲兵數人，大聲拍門。軍刀與槍托把木門撞破，湧入憲兵。不由分說拖起剛起床、衣冠仍不整的年輕知識分子男主人。

憲兵惡狠狠地踢男人的背，齒間迸出單字——「走！」

男主人是小學校校長。鐵路局一個小文員。一個留日歸來的律師。醫生。一個去過大陸蘇州寫生的畫家。一個報紙編輯。一個坐過日本牢獄三個月又三天的作家。

農民組合。資崩。葉陶與楊逵。王白淵。林茂生。王添燈。

高雄中學的中學生。戴高等學生帽的清秀面容。六張犁。屍骨上衣物血汙破碎，顯示行刑前的刑求。手掌中間穿洞，用鐵絲串連的人鏈。

紀念館大片玻璃窗外是明亮的。一個蓬勃生機的今日。館內是清晰展示的陰慘的彼昔日月。

美麗島事件以降，是我們親眼目睹的。解嚴及民主化的腳步加快。但有些人的心仍未解嚴，以舊國民黨封建的心態來仇恨台灣向上新生的活力，巴不得台灣沉淪成陰暗的一黨獨大威權封建舊社會。

二二八紀念館是一個可貴的明鏡。昭鑑台灣悲情的過往。一個必須存在的記憶。

檳榔樹。油畫

我的空空蕩蕩的軀體

一九二三年十月二十五日，我誕生於台南新營。

我喜歡讀書。考入日本人讀的台南一中。以第二名成績畢業。同時取得二級滑翔士的飛行資格。十八歲的時候。我知道我要學習科學，我要探索科學的廣闊天地，同時我愛飛翔，飛行訓練讓我確實看到廣闊的天地無窮無盡地舒展向四面八方。美麗新世界。

竭盡精神毅力去學習無涯無界的科學領域，但同時要能服務我的同胞，我摯愛的故鄉人，學醫是最適當的選擇了。台南一中畢業，我考上日本仙台二高，一九四五年入東京帝大醫學院。戰後回台，轉入台大醫院，專攻研究熱帶疾病、瘧疾。我要做一個有理想、有勇氣的熱血台灣青年。奉獻台灣。終生不渝。

大戰後台灣滿目瘡痍。以台灣人的勤謹刻苦，物質困境是可以克服的，至少台灣農作物全年可以種植，養活戰後蕭條的城市與鄉村，絕對可行。戰爭期間，日軍搜刮大部份的物資給軍方。但對台灣人民生活的配給是合理的。即使在大戰後期最困難時候，台灣人沒有餓死。沒米還有番薯籤。日子還可以對付過去。

事與願違。純良的台灣人遭難了！

台灣人以熱切心情，接祖國來的難民潮。以爲會像日本人一樣守法守禮。

善良的台灣人一夕之間被國民黨黨政大軍嚇到了，所到之處，姦殺掠奪，無法無天。台灣豐富的米糖肉蔬被搶奪一空，販售至淪陷大陸區，賺取走私利潤，台灣人陷於莫名的飢荒慘境。

螞蟻排成一條直線回家。螞蟻憑嗅覺找到回家的路。

故鄉親人陷入比戰爭時期更大的絕望。「沒見過這麼不講理的軍人！……」故鄉人忍受飢餓，仍努力種植作物，食物自田裡來，一日不作不得食。只要勤勉工作，老天會給飯吃。

問題是劫掠的蝗蟲來了一批，又一批。

知識分子挺身而出，希望能與政府軍對話，申訴老百姓的困苦絕境。日治時代，知識分子的抗爭，日本政府都會和民間對話。即使關押人，也頂多幾天、幾星期。放出來時，官員會告誡憑何法律關押了他們。結論是：不可再犯。

法律規範了台灣的秩序，讓人民安居樂業。

日本人統治台灣五十一年，建立台灣成公共衛生完善規劃，鐵路公路交錯城鄉，銀行、衛生所、區公所、警局、醫院、學校、戶籍……完整的現代化社會措施井井有條，事事完備。

國民黨是一群軍閥式極權惡質，無人道無文明教養的土匪政權。搜刮台灣不遺餘力，所有公家建築財產，全歸於國民黨的黨政軍特，吃台灣喝台灣混台灣撈台灣，再以殖民政權的惡質手法把台灣壓榨光光。四萬舊台幣換一元新台幣。把台灣人財產掏光。台灣人的土地房屋，國民黨的官員看上的，馬上搶走。獨裁者在全台各地風景區劃上他的行宮別館，全是民間所有，特務持槍上門霸佔，屋主必需即刻拱手放棄，否則全家遭殃。

二次大戰後的太平洋東亞各國，全是美國託管。若是沒有蔣軍難民潮兩百萬人霸佔台灣；台灣可以像日本、南韓、菲律賓……等國家，戰後美國託管一陣，紛紛都獨立了。

台灣被國民黨綁架了。無法獨立自主。直到今天，變成國民黨與共產黨共同出賣的棋子，仍未能超生。

台大醫學院畢業後，我在高雄鳳山行醫。一九四九年十二月，我與郭淑姿結婚，是我一生最快樂的日子。不到半年，一九五〇年五月，我在騎腳踏車去醫院上班途中，被蔣軍抓走。

國民黨當年被共產黨打敗，趕出中國大陸。帶著血海深仇來台灣，不僅有豐富物產，勤勞人民提供難民吃喝住穿。國民黨對台灣毫無感恩之心。更甚的是，視台灣人爲敵寇，動不動把台灣人知識分子當匪諜辦，寧可錯殺一百，不可放過一人。

我的醫學院同事，是國民黨下手的目標。台灣人精英：律師、醫生、教授、報人、作家、畫家、實業家、校長、教師……無一倖免。甚至是鐵道站長，行車司機。都是蔣軍的假想敵。必需一一去之而後快。手段殘忍粗暴。

我被關入人滿爲患的牢中五個月。一九五〇年十一月二十九日。清晨破曉前。蔣軍開美援的十輪大卡車，載蒙眼、雙臂綁在背後的難友們。到台北近郊的馬場町。原是簡陋的機場。南機場。

大卡車轟隆開下河堤道路下坡，進到馬場町荒郊。車一停下，劊子手隨即把受刑者踢到車下，吆喝其跪下。

槍響大作，受刑者血自槍洞噴湧而出，倒下。

我的軀體在我升空的靈魂下，空蕩如一間空屋。

這些被濫殺無辜的屍體。劊子手掉頭走掉。跟來的驗屍官會逐一確認死亡，拍照存證。屍體交由台北唯一的殯儀館處理，通知家屬拿錢來取回安葬。

向家屬要的錢是一筆惡意的敲詐。每一具屍體要價四、五佰元。當年普通月薪。只有一、兩佰元。若家屬無法繳這筆鉅款，遺體則被丟棄亂葬崗了。

一個無形無狀的地獄。我在獄中所見。各式各樣的刑求，我是學醫的，無法想像獨裁者可以把人的軀體再用五花八門的手法讓人生不如死，疼痛至昏厥。

人間慘烈的地獄。生命的意義被踐踏得比一隻螞蟻還不如！

台灣在二二八前後，人口六百萬。國民黨虐殺了十四萬台灣人。高雄死最多，約在上萬人。高雄鼓山區哨船頭至中山大學的隧道，把眾多受刑人送人隧道，兩端堵死。以機關槍瘋狂掃射。不留一個活口。

五〇年代台灣青年的青春祭。

我的靈魂在島上飄浮。

我的空空蕩蕩的軀體，隨我的靈魂遊蕩而在故鄉島嶼上，成一座可隨時移動的空屋。

或者說，整個愛戀島鄉是我飄游靈魂可以隨意出人的空房屋。

半個世紀過去，島國仍在沉浮。

最近委內瑞拉的動盪引起全球人的關注。

三十五歲的革命家，璜．瓜伊多站出來領導革命，對抗獨裁者馬杜洛及其掌控的軍隊。

我回顧到上世紀五〇年代的台灣。我這一代的犧牲，只換來台灣暫時性的和平。於今，是國民黨與他的血海深仇的共產黨兩黨一家親了。台灣變成他們兩黨的共同敵人了！

我熱切注目台灣人的勇敢對抗。智慧選擇。我那一代淘空的軀體，將有所依歸。

整個台灣人命運，將有完滿的著落。

「以忍苦的信仰，求永遠的生命。」

新約書的智慧靈光伴隨我。

承托我的靈魂的空屋，留載我最初信仰的永生記憶。

後記：本文部份資料摘自《白色封印》一書。胡慧玲、林世煜採訪記錄。國史館編印。

二〇〇四年十一月初版二刷。作者致上誠摯的謝意。

哈瑪星

1

颱風夜。對街空空鐵皮汽油桶被狂風捲起來，滾動，對撞，徹夜喧鬧。像一群嘈雜打鬥的野牛群。

日式家屋。榻榻米房間的一面玻璃窗，凝結成串的雨珠。給街燈一照，雨珠晶亮晶亮，如攀爬的壁虎黑豆粒般的眼珠。逶迤下延的水的折線，便是壁虎的尾巴了。

驚呼熱中腸。颱風夜的不眠夜。

港灣在颱風夜的肆虐中逐漸破光。青蒼，油黃；然後甦醒。汽笛聲一長一短，破空呼叫。

漁船一艘艘進港，漁人頭綁一條污黑的毛巾，跳下船舷。船錨拋下船，固定在岸樁上。一箱箱舖了碎冰的鮮魚，自甲板下面的船艙內傾吐出來。金鎗魚，鯧魚；白帶魚，小管，大青花魚；小青花魚，亮晶晶混合在碎冰堆中。滿載的漁船各自有水淋淋的據點，在潮濕腥味濃重的魚市場水泥地上。船主和大盤商中盤商呼叫價錢。戴斗笠；覆面覆雙臂，穿黃色長靴的洗船女工穿梭其間。手執俐落的長鐵桿的魚鉤，在船主忙於議價時，偷偷鉤走一條兩條鮮魚，放進私自的塑料桶中。在漁船卸貨繁忙之際，她們的洗船工作未開始之前，她們手腳俐落地先求自己私帶的冰桶中魚的滿載。

五毛！八毛！一塊六！兩塊！廿塊！五十塊！一百一十塊！以兩計。以斤計。喊價聲音自吵雜到稀微。在日光完全大明以前。雨勢也小了。

海洋在港口之外吐著灰白泡沫，翻飛起伏魚鷹抵臨港灣上空。小燕鷗自雲端迅疾墜下，紅色尖咀喙剪開灰色的浪，叨住一條剛剛躍上水面換一口氣的銀條魚。

2

渡船場每三分鐘和旗津對開一艘輪渡。中間還有一艘正在行船中。三艘分別叫民治、民有、民享。非常的三民主義哩！

清晨六時，整班輪渡載來帶一個個花布包紮的便當的整船工人，他們是要搭頭班去前鎮的三路車公車。他們都是長榮鐵工廠的員工。

渡船場側邊搭兩層淺樓的違章建築，依附在漁市場外圍牆邊。是一家有四個女兒的小吃店。一家人住樓上。樓下是冰果店兼小吃店。夏天賣沏冰果汁，仙草冰；紅豆湯，冬瓜茶給路人及漁人喝。冬天賣魚羹，稀飯醬菜的早點。對過一排商店兼住家，有中藥房，西藥房，雜貨店，警局，及理髮店。

美空雲雀的歌聲鎮日自理髮店飄出。店裡有一位理髮小姐長得很像若尾文子，那時「荒城之月」正在鼓山戲院上演。漁人每天藉故去理髮。想要親近哈瑪星的「若尾文子」。她有很白的手，很白的頸脖。鎮日不言不笑，不管漁人少年仔怎麼逗她。她低眉斂目，一心一意替漁人修臉，剪髮，不發一語。白項脖聳起，像鵝背。

店主說她是台南蚵仔寮人，因父親欠債，只好出外打工替父親還債，家裡還有一個唸書在學的弟弟。

理髮店老闆娘很護衛她，說她省吃儉用；積夠了錢，還了家裡的債，「她要回鄉去嫁人的。大概五年罷！」意思是還有五年時間啦！少年仔儘來理髮罷！她很得意這塊活招牌。

博多海岸。知床旅情。長崎的蝶蝶樣。請問芳名。荒城之月。溫泉鄉的吉他。港都夜雨。舊情綿綿。

台語日語歌聲竟日在港灣飄浮。製冰場的大冰塊自工廠的鐵橋橫空滑向岸邊的高架亭子，轟隆摔降到四、五層樓高的亭棚下的冰櫃。冰櫃底下裝有滑輪，自停靠在岸邊的船舷外架的滑板簡俐地拖入冰塊，安置入船艙中。在漁船準備出海捕魚前。

陳芬蘭的歌聲：孤女的願望。

文夏的歌：媽媽請妳也保重。

3

港灣的馬路邊植滿了榕樹及粿葉樹。榕樹垂著長長的鬚。盛夏的港風吹來，粿葉翻開淡綠的葉背面。心形的粿葉摘下，洗淨了，可用來包紅龜粿；上面敷上一層油汪汪的豬油。紅龜粿是糯米水磨，用石磨壓出水，木龜板壓一塊塊成龜形，內包紅豆餡，蒸熟，是拜拜節慶的甜食。

黃色粿葉花吧嗒吧嗒掉下來，仍是開得滿滿的一朵朵花，堆在地上。甘於被忽略的美。港灣山坡，五月時開滿了鳳凰花。傘張的碎米粒的對生細葉上；綴滿蝴蝶形狀的火紅鳳凰花，使港灣風景格外美麗，而輝煌。

山坡下的國民小學校，鼓山國小，一九〇七年建校，是打狗市第一小學。非常古色古香的紅磚房校舍，植滿了椰子樹，欖仁，與榕樹。裕仁太子一九二三年來台遊歷，造訪鼓山國小。爲此鼓山國小擁有全台唯一的武德殿，爲少年仔練武場。

二次大戰後，一九四五年硝煙漸歇。鼓山國小的日籍生都打包搭什麼丸什麼丸的輪船回日本去了。六十二年後，鼓山國小百年校慶，第二度有最高首長長官蒞臨的是陳水扁總統。距離上回全台最高首長裕仁太子來哈瑪星，足足有八十四年。百年校慶時，有一九四五年還是鼓山國小小學生的日籍校友回來母校。也有當年的鼓山國小女教師的下一代，女兒與兒子，及第三代，孫女，孫兒，組團來參加母校百年校慶。

4

小學二年級的時候。獨自在學校的水池邊玩耍。專心注視水中的我，以致整個人跌了進去。水其實很淺，但是因爲長滿了青苔，很滑，手想抓住什麼總是抓個空，灌了好幾口水，又苦又酸又臭的水自鼻孔嘴吧嗆進去，幾乎窒息。突然我翻身坐起來，正看到金色陽光自池邊的椰子樹梢灑下來，我手抓住水泥敷列粗顆粒的池壁；再翻一個身，就掉到圓池外面的草地上了，白衣黑裙沾滿了青苔，自己覺得像一隻青蛙。

不動聲色地跑去廁所外的洗手池，把手臉洗淨了，手臂有點擦破，滲了血，微微疼痛。心仍踫碰跳，好似死亡邊緣回來。

鎮定地走回教室，沒有對任何人說起。上課鐘突然響起。那鐘聲的尖銳奇突幾乎把我的神經震碎；以及窒息中突見一絲椰子樹梢刺目的金色陽光，一聲響，一光芒，永遠在我的靈魂深處震動！

至今奇怪：怎麼沒有老師或同學注意到我那天頭髮半濕，衣裙有點濕，而未濕透。臉色大概青白色罷?!讓我不受干擾平靜地渡過那半天的學校生活，想來眞可感謝！

5

二十二歲自師範學校畢業來國小執教的阿志，和十八歲剛自高女畢業的阿悠，戀愛了，港灣的竊竊私語聲傳得比風聲還頻密。

清晨六時許，阿志在竹床上滿頭大汗地醒來。聽到房東老太太起床咳嗽的聲音，拿著竹掃把打掃小小黃土庭院的聲音。以及兩隻老母雞追逐咯叫聲。

屋後小小山坡上垂張如傘蓋的鳳凰樹，大半的枝葉撐開在小小日式平房的屋瓦上，碎葉不時隨風飄落在黃土小院落中。愛潔淨的房東太太清晨第一件事便是把玄關內的雞籠提到院子來，打開雞籠，讓兩隻雞跳出來，隨意啄食。然後把落滿碎米粒狀鳳凰樹葉小院子打掃一遍，灑點水，一邊和母雞對話：「昨晚見到阿生嘸？」，「聽到庫洛和阿吉的叫聲嗎？」

阿生是國小的代理校長。日籍校長戰後回國去了。阿生在國小教小學二十來年，兒子阿吉在高雄中學唸高中，差一年就畢業了。五年前那場動亂，阿生嫂喪失了丈夫與兒子。一夜之間頭白如老嫗。

那是一九四七年三月初的時候。來了一場寒流。阿生得了重感冒臥病在床。清晨，矮竹籬外校工清水伯驚慌地叫著：「阿生嫂阿生嫂！學校來了坐吉普車來的持槍憲兵，說要找校長……。」清水伯全身抖顫如一株乾竹枝，話語也破碎不連貫。庫洛認識清水伯；對清水伯搖尾巴。

阿生嫂正在廚下熬稀飯，煮醬湯，要讓兒子吃了早餐上學去。她奔出廚房聽了清水伯的一番話，把濕淋淋雙手在白色圍裙上擦了擦，慌忙脫了木屐上玄關，左邊大間榻榻米房間躺臥著發燒一夜正熟睡的阿生。

「阿生，阿生，醒醒……。」阿生嫂異於平常溫柔寡言的舉止，尖聲叫喚。

正準備好要去搭車上課的阿吉也揹著書包探頭過來：

「阿母，怎麼啦！」阿吉問道。

阿生嫂手指窗外的清水伯：「清水伯說，憲兵，來校，要你去。……」

阿生一下子清醒了，阿生嫂拿出襯衫長褲給阿生換下睡衣。一面自圍裙內的小暗袋掏出一張紙幣，遞給阿吉，啞聲說：「到學校買午餐便當吃罷……！」庫洛在院子裡傳來敵意的吠叫與跳躍。

阿吉接了錢，放入褲袋。戴上有帽徽的卡其黃色帽子，坐在玄關穿鞋。母親抑制的哭聲令他遲疑了，阿吉輕聲喚道：「阿母，阿爸有事嗎？」母親迅疾下了玄關，穿上木屐，邊催促阿吉：「你快去上學！……。」一句話未講完，已見憲兵持鎗佩刺刀，走進小院落，喝道：「校長出來！」庫洛大聲咆哮。不畏刺刀與鎗管。

阿生體力未復原，襯衫扣子未扣好，長褲剛穿上，出現在玄關上。

母親回頭迎向父親。臉色慘白。

父親沈著地對母親說：「我去去就回來。問問話就可以了。不用擔心！……」兩個橫眉凶惡的憲兵走上玄關一人抓一手，提著父親走向門外，惡狠狠截斷阿生的話：「快走！嚕嗦什麼！」庫洛奔前奔後，急著要護衛主人。

阿生病軀被兩個憲兵拖著，連鞋都來不及穿，只穿白色襪子。襯衫鈕扣被扯掉，拖出小竹籬外，走下幾個階梯，就是小學校的後門了。吉普車就停在那裡。車上站著一個殺氣騰騰的憲兵，對追隨阿生出來的猛吠的庫洛，一鎗射死！阿吉哭喊了一聲，奔下石階梯，抱住狗，憲兵又一鎗，把阿吉擊斃，倒在狗屍上。血噴了一地。阿生被塞進司機座旁，來不及回頭看一眼愛子與愛妻，吉普車即絕塵而去。

阿生嫂昏倒在台階上。清水伯和左鄰右舍鄰居出來把她抬進榻榻米房間。阿吉和庫洛也抬進院子裡。街道的血跡結痂在地上。街坊幾次用熱水肥皀清洗血跡，褐色血痕一直隱隱浮在小學校後門的馬路上。一整灘，又有迸散的褐點。牢牢吸住地面，血的印記，無法泯滅。

小學代校長阿生和鐵道局站長，及幾個漁會會長和員工，隔天被鎗斃在舊火車站的前庭。要領回親人的屍體還得跟憲兵隊賄賂。

高雄中學的師生也遭受一次的掃蕩。官方的說法是：學校裡面窩藏匪諜。港灣的小學教師們常常半夜失蹤。沒有人知道誰去密告誰。

阿生嫂的娘家只有繼母及堂哥。在九曲堂。好在阿生在戰後跟日本人買下的這幢連前院（後院是壽山山坡）的小小家屋是唯一的財產。阿生嫂雖然未屆五十歲，滿頭白髮已是老媼模樣，她出租一間房間給阿志。是阿吉原本的房間。她請工匠在側門開了一道門。拆掉榻榻米，放進一張竹床。一張竹桌。阿志的房間不用經過玄關，自己可以推開側門出入。左面連接廚房，阿志可以進出廚房，吃阿生婆婆供應的簡單三餐。廚房裡面有一間小小的浴室。自廚房提阿生婆燒好大鍋的熱水，可以洗熱水澡。他的腳踏車停在院子裡，母雞跳上他的腳踏車放雞屎，他也不介意。他替阿生婆做一些簡便家事，令阿生婆連連想起阿吉：「阿吉還在的話，就是你這款年紀啦……。」阿生婆只活在阿生與阿吉還在的過去日子當中。

子彈撞入阿吉的額頭迸放出一朵艷麗、青春的十七歲盛開的血花……阿吉少年的臉沈沒了。沈入永夜的黑暗。

好兄弟遍佈的荒郊。

一九四七年。一九四八年。一九四九年。一九五〇年。一九五一年。一九五二年。

阿生與阿吉與庫洛，埋骨在屋後的山坡上。是鄰人幫忙阿生嫂偷偷埋的。阿生嫂感覺阿生與阿吉和庫洛都在身邊。她並不孤寂。

清早，黃昏或夜半時，她坐在榻榻米上縫紝，她清清楚楚知道阿生盤腿坐在紙門邊看著她。阿吉逗庫洛，有一些童言童語及與狗玩鬧的嬉笑狗叫聲自廚房外面的小山坡上傳來。所有的若有似無的聲響，加上樹葉簌簌吹風的聲音，對街小學傳來的上下課鐘聲，都讓她覺得安寧，祥和，平靜。

她靠一點積蓄；一點縫紝新娘服，嬰孩服；打毛線，應付日常最低的生活開銷。兩隻小母雞是鄉下堂嫂帶來一籠小雞給她養，小雞長大後連續殺了幾隻給辛苦工作的阿生補身體，也給正在抽長的阿吉補營養。最後留下的兩隻母雞她捨不得殺了。阿生與阿吉不在了，給誰補營養呢？她經常沒有絲毫飢餓感，煮一鍋稀飯可以吃好幾天。最後拿來餵雞。兩隻母雞活潑地長大，好像看著親人作伴。又經常可以和阿生阿吉庫洛對話。她心平氣和。

堂嫂每隔三、兩個月會來看看她，勸她回鄉住幾天，散散心。她常說：「我沒有心可散。」

看堂嫂為她慟哭，她雙手不停編織或縫紝，一邊平靜地對堂嫂說：「我很認命。」

她在阿生的書架上設一個簡單的神龕，上面放了一幅阿生的照片，阿吉的照片；每天燃三次香，祭拜三次。用一只茶杯供清茶。有時插一朵院子裡開的白色山茶花。

阿生婆在院子裡撐起竹竿晒衣服的時候；清水伯帶來提一只小皮箱的阿志。阿志九月開始在過街國小教課。像當年的阿生剛自師範學校畢業分發到港灣的小學教學。阿生也是在這問打狗第一小學的小學校開始他的教書生涯。

清水伯說阿志這後生剛來學校報到，教一年級，租阿生婆一間房間可好？離學校又近又可以和妳作伴。阿生婆當場應允。阿志穿白襯衫，黃卡其褲，白帆布鞋。頭髮黑而蓬鬆，神情腆靦，又雙眼清炯明亮。阿生婆心裡一震；這後生又像當年的阿生，又像長大後的阿吉！眉清目秀哩！

阿生婆內心騷動，臉上不動聲色：「少年仔哪裡人？」「台南白河鎮人。」阿志說，是清水伯的表姪兒。

阿生婆生出滿滿的母性之愛，對清水伯說，阿志就住在阿吉的房間。我煮三餐給他吃。孤單在外，就當是自己家好了。最後一句話是轉向阿志說的。她的語音也稍梢輕快起來。「我去菜市場買條鮮魚回來煎。再買點青菜水果。清水伯等下過來和阿志一起吃中飯可好?!」

清水伯滿臉皺紋的臉，笑開了。他是十四歲時就來打狗第一小學做工友。日籍教師對他很好。他被准許隨班上課，等於是把小學課程在每日燒開水，打掃教室，做信差的工餘也唸完了。雖然沒有文憑，但也邊工作邊受了教育。日語會讀會說；報紙會看。戰後，他也會讀中文。從工友升做門房，他是全校最資深的。一生未婚。把學童當自己的孩子。年輕的教師們叫他「阿伯！」他無所不管，打掃，敲鐘，修學校的電燈電線。替學童熱便當。替新老師找房子。全是他的工作範圍，也是權力範圍。

他住在校舍後門的傳達室裡。自炊自食。有學生家長拜拜時請他吃拜拜，是他最高興的。平時有老師家庭出面請他吃一頓便飯，補補平時自己炊煮的不便，總是讓他喜出望外。

「我去買魚和青菜罷！學校未開學，現在沒事，回來給妳下廚，妳就領阿志去安頓好罷！」

五十來歲的清水伯一生都在操勞，手腳俐落地把阿志的腳踏車停靠在院子側，走下石階，逕直到菜市場去了。

約莫半個鐘頭後他帶回兩尾虱目魚，魚眼清亮。幾把青菜。一根筍，一塊五花豬肉；及一打雞蛋。他說阿志太瘦了，營養不良；趁開學前給他補補身子罷！

阿志是清水伯表姊的兒子。清水伯大姨母的外孫。

6

九月開學日，是個颱風天。阿志班的小朋友都到齊了。教室不夠，必需分上午班下午班錯開。開學日各班都來報到。阿志班的小朋友聚集在走廊上點名。一年級學生都由家長帶著，也有由兄姊帶來，阿志大聲叫著名字，像認領失物一般，把小朋友都招呼在一起。有些小朋友找不到自己的班，又和家長失散，大風大雨灌進走廊，一年級生都擠在第一排樓下校舍的走廊，又濕又慌亂的小學童有不少人哭叫著「阿母！」

阿志把自己班的學童趕鴨子般趕到走廊一處背風的角落，告訴小朋友，下周一，下午十二時三十分，全班集合在一年五班的教室。和上午班的一年四班同一間教室。聽明白了嗎？小朋友們乖巧地回答：明白！阿志招呼家長們，把下周一上課時間地點覆述給家長們聽，一再覆述，務必沒有一小朋友聽漏。阿志對小朋友們說：「小朋友再見！」小朋友推擠著，清脆童音此起彼落，向阿志鞠躬，大聲說：「林明志老師再會！」再會！再會！再會！

阿志解散了來報到的自己班的學生，正見訓導主任帶來一位清湯掛麵女學生模樣的少女迎面走來。陳主任叫住阿志，「林明志老師，你的班報到完了嗎？」阿志站定，回答說是。陳主任鬆了一口氣說：「正好你可以幫幫代課的鄭美悠老師。鄭老師住高老師家隔壁，高老師昨天早產入醫院了，一年四班沒有老師，高老師的家人推薦鄭老師來代課，你快快幫她找一年四班的學生罷！」陳主任說完急急走了。阿志向阿悠自我介紹，我是一年五班林明志老師，剛剛有不少學生和家長在找一年四班老師哩！

阿悠穿白襯衫，向阿嫂借來的藍花布裙子有點嫌寬大了些；被風雨打濕了下襬，額頭短頭髮凌亂地垂掛在明亮的圓圓黑眼睛上。整個人顯得瑟縮，畏怯，尷尬。激起阿志的男子氣概！

阿志喊一聲：「來！」轉過身開步走。阿悠身手敏捷地緊跟在後。風雨淋瑯，走廊上黑壓壓擠滿了帶傘沒帶傘的小學童與家長，此起彼落的呼叫聲使短短五間教室的走廊像嘈雜的廟會廟口。

阿志走到一年四班教室門口，開始呼叫，一年四班小朋友聚到這裡來！阿悠遞給阿志一紙學童名單，阿志大聲開始唱名：一年四班叫到名字的小朋友喊聲「有！」到這裡來！阿志喊叫聲大過風聲雨聲。每叫到一位小朋友，阿悠連忙把現身的小朋友招呼過來。全班四十五個小朋友，在叫完名字的時候，已來到了三十九個。阿悠把阿志叫完的名單接過來，用她鎮定清亮的聲音重新叫一次，一邊用鉛筆在喊「有」的名字下做了記號。阿悠唸完名字，做完記號，居然數出來是四十二個小朋友，還差三名就足額了。

阿志自走廊頭到走廊尾；大聲叫「一年四班小朋友請來報到，一年四班小朋友到教室門口集合……。」叫了幾次，居然又找到兩名。阿悠重新點一次名，只差一名，有個小朋友說缺席的小朋友在鄉下阿公家還未回來。阿志摸摸這小朋友的頭，對阿悠寬心地笑了。

阿悠趕緊低下頭，仔細把又濕又皺的學童名單細看了一下，數數聚集的學童人頭，不多不少，正好四十四名！

阿悠抬眼看看阿志，以眼光詢問：「接下來呢？」阿志撐開雙手作聚攏狀，朗聲告訴小朋友：「一年四班的小朋友們；這位是你們的級任老師，」阿志打個問號？阿悠大聲報出：「鄭美悠老師！」阿志隨即跟小朋友說：「大家跟鄭老師說，鄭老師好！」小朋友齊聲喊道：「鄭老師好！」

阿志吩咐學童們，下周一，早上八時，一年四班的小朋友都來這間教室集合。鄭老師在這裡跟你們上課。我是一年五班的老師，一年五班上的是你們同一間教室。下午班。你們要帶鉛筆；橡皮擦，和作業簿來。大家有沒有書包？有的答有，有的答沒有。又有家長提問：用兄姊用過的書包可以嗎？阿悠說可以的。制服上要別一條手帕。帶一個開水壺。男生頭髮只能一公分長。白上衣，卡其短褲；白帆布鞋，白襪。白上衣口袋上用藍絲線繡上校名班名及名字。女生頭髮，前面瀏海，剪到眉上一公分。兩旁至腦殼，耳垂上剪齊。白衣黑裙。白襪白帆布鞋。白衣口袋上繡校名，班名及自己的名字。

阿志看到好幾個小朋友是大幾歲的高年級兄姊帶來的。兄姊也去自己的班報到，落單的小朋友沒有家長幫忙記住制服和書包的細節。阿志個別向這些小朋友再三叮囑一遍。務必每個小學童都聽明白了。阿悠跟膽大敢提出問題的小朋友問清姓名，一邊耐心回答問題，一邊把小朋友的名字記住了。

這間中走廊人來人往，混亂喧攘。報到完的學童有的給家長領走了。有的站在走廊下等待。已屆中午，阿志和阿悠都回教務處把自己班的小朋友登記了。五、六年級升學班的教師仍未喬好，訓導主任在後棟樓房仍在忙這件事。阿志和阿悠再回到一年四班教室前看有沒有學童掉單的。走廊居然都空了。操場積水，清水伯擔來幾擔的黃土，灑在操場邊緣的枯草上，堆成一條泥土路，給家長接學童踩回家去。

阿志要回學校後門對過小山坡的租處去。他帶阿悠到後排教室廊下，指給阿悠看，他租對過日本式小屋內。房東太太對他非常好！有空來坐坐。

阿悠住在港灣渡船場附近。晴天她打算騎車來學校，在高女中上學時都是騎單車上學的。今天，迎風雨撐傘走回去，只希望傘不會開花才好！阿悠說著，輕笑起來。

阿志本想說，那我騎車載妳回去好嗎？我穿雨衣，你打傘，省得妳潦水回去……。這念頭反覆在口內復誦，總是說不出口來，到底才頭一天見面呢！

阿志沒膽提出。諒阿悠也不敢接受罷？

星期一，早上七時。阿悠已在一年四班的教室候著。她跟清水伯領了掃把畚箕水桶，先灑點水，把教室內外打掃一遍。雖然清水伯暑假時勤快打掃校舍，務必保持整個學校的整潔。但是開學後，規定各班教室由各班學童自行打掃。清水伯只負責辦公室，操場，校園及廁所的整潔衛生。阿悠接著用自己以舊襯衫撕開縫合的四方抹布拭擦窗玻璃，課桌椅，並以擦板擦淨黑板。看看錶，七時半。因是雨天，學童不用在操場集合唱國歌，升國旗，聽校長訓話，並依體育老師口令做體操。等八時小朋友都坐定後，由擴音機放大音量唱國歌，即可開始第一天的授課了。

阿悠耐心把小朋友排好隊編排坐好。即開始教ㄅㄆㄇㄈ，注音符號。教室很擠，兩三個小朋友合一張課桌，又是第一天在陰雨天上課，阿悠很賣力地大聲發一個音ㄅ!小朋友們此起彼落地回應ㄅ，聲音不夠響亮，也不整齊。阿悠注意到調皮好動的陳維眞在扯前面女生的髮辮，阿悠叫他：「陳維眞站起來!」陳維眞反應很快，一邊站立，一邊喊出：「ㄅ!」全班都笑了!阿悠很溫柔又堅定地告誡他：「上課要專心，知道嗎?」陳維眞中氣十足地喊道：「知道!謝謝鄭老師!」全班又笑了。

阿悠開始喜歡這班小朋友，又稚氣又可愛，一雙雙明亮的眼睛向她投來，讓她心生喜悅！

四十分鐘一節課，不容易讓全部小朋友個個專心向學。阿悠在下課十幾分鐘間，忙於帶小朋友上廁所，排解教室擠迫引起的糾紛，務必所有的問題都在上課鐘響之前解決好，讓小朋友們都安頓下來。其中一雙最專注最明亮的眼睛屬於坐前排正中的黃英。她像一塊海綿，阿悠講課她津津有味地聽著。反應尤其靈敏。令阿悠想起自己的小學生時模樣。

第一天總算風平浪靜過去。

第二天她也是一早到校。在黑板上專心畫著漱口杯，牙刷，牙膏，手帕。並在旁注音。窗外的走道響起林明志的足音，站在教室門口對她露出一口白牙，笑容燦爛地說：「鄭老師早！」

阿悠心動了一下，臉刷紅了。拿著粉筆的手，停在黑板上，輕輕地說：「林老師早！」阿志站在門口，不能決定要不要進去，進去又說什麼話好呢？陸續有小朋友進來，此起彼落地喊：「鄭老師早！林老師早！」阿志更加覺得進退維谷。阿悠的心被打亂了，只好放下粉筆，果決地對阿志說：「待會下課時辦公室見！」阿志面紅耳赤地道聲好，轉身從容離開。他是想問問她，昨天上課好罷？昨天他十二點鐘來到教室時，正見她忙著替小朋友穿雨衣送他們回家，他看著她清秀的臉，溫柔的舉止，整個人既歡喜又僵直，空空蕩蕩地寸步難移。只能呆立一旁默默看她帶小朋友離開。

教員休息室，他的辦公桌和她的緊靠。他坐在他的坐位上，翻讀日本作家芥川龍之介的小說——齒輪，是芥川的絕筆作。他喜愛文學，尤其喜歡芥川龍之介。他的日文程度是中學生程度，讀原文日本小說沒大問題。因爲酷愛文學令他個性優柔寡斷。他知道，這是他的致命傷。

下課鐘響了，阿悠輕快地踏進教員辦公室，跟其他老師朗聲問好，走到坐位，放下皮包在桌上，她坐下喝一口清水伯特意替她泡好的茶，轉頭對阿志說：「你的班好帶罷？」

這話原本是阿志要問阿悠的。

遲疑了一下，阿志突然想到話題：「早上看妳在黑板上畫漱口杯，妳眞會畫，學過畫慢慢吐出煙。

嗎？」阿志新學會抽菸，邊點燃一支菸，吸一口，有點嗆鼻，有點辛辣，他閉氣忍了一下，

阿悠說：「我平常喜歡用鉛筆畫靜物。學校有素描課。我也畫人，尤其是小朋友。」再喝一口茶，她接著說：「以後有空要畫畫我班上的小朋友們，他們眞是太可愛了！」

上課鐘聲響起，阿悠匆匆回教室去了。

整整一個禮拜，阿志和阿悠只在教員休息室說上兩三句話。阿志很想約約她，約她去他的住處，約她去西子灣海邊走走。去鼓山戲院看看電影。他想像他用單車載她，她坐在横桿上轉頭對他微笑，短頭髮有好聞的美琪香皀味道。不顧旁人眼光，他把單車踩得飛快，飛快……。雙臂圍繞著心愛的阿悠……。

——把我的苦惱向誰訴說？這是契訶夫短篇小說〈苦惱〉的句子。生活在舊俄底層的馬車夫因兒子媳婦相繼因貧窮而過世，獨自帶著小孫兒過活。不幸小孫兒也病死了。馬車夫想對他服侍的老爺傾訴他的不幸與苦惱，周圍的人都忙於他們熱烈的生活，沒有人有耐心傾聽他，最後，他只有向他照管的馬匹傾訴他的苦惱。告訴一匹馬，他的孫兒有多乖巧，多可

愛，失去了孫兒，他從此是孑然一身的孤獨老人了！人生從此對他又有何意義呢？他抱著馬頭絮絮叨叨，老淚縱橫了。

阿志知道；人生是悲傷的。房東太太阿生婆婆是現成的例子。阿生婆婆很少對他怨嘆。但是他敏銳的心感受著阿生婆婆的艱難渡日。她的心早已寄託到丈夫兒子與庫洛所在的彼岸，她對此生已無所依戀。

阿志的班接下阿悠的班。她總是維持教室的整潔。阿志的班下課後，他也是仔細打掃好教室，務必隔天阿悠早上面對的一室的整潔清新。

高老師的產假只有一個月；就是說阿悠只代課一個月。她不是師範學校畢業的，她沒有教師文憑。阿志只有一個月的時間向阿悠表示好感，但是他仍遲遲無法在適當時候說適當的話。一天結束回到住處後，躺在竹床上，想的是阿悠的一顰一笑。阿生婆婆在隔壁喚他：

「阿志，阿志，洗澡水燒好了！」

阿志答應了一聲，拿著換洗衣褲走到廚房，正見阿生婆婆在炒米粉，香噴噴的，阿生婆婆說：「快去洗澡，清水伯馬上就來了，我邀他來吃便飯。明天是普渡！……。」

阿志飛快洗好澡，端水到廚房外潑時，看到兩隻老母雞咕咕蹲在雞籠裡。阿志心裡寬慰了，老母雞沒有做應節牲禮。

清水伯提一瓶紅露酒來，阿志幫阿生婆婆把大盤炒豬肉絲、筍絲、魷魚絲、與高麗菜的香噴噴的米粉端到飯桌上。還有一碟滷豆干，豬耳朵，炒蕹菜，加一大碗薑絲蛤蜊湯。阿生婆婆洗了三只酒杯，阿志原想推辭，說自己從未喝過酒，清水伯與阿生婆婆勸飲了一小杯，阿志馬上滿臉通紅。阿生婆婆也難得地興緻好，慢慢抿著喝一小口一小口，殷勤地向清水伯與阿志勸酒勸菜。她對清水伯說：「阿志太乖了，怎麼下課回來就躲在屋內呢？」

清水伯滿臉慈愛地看著表姪兒：「鄭美悠老師今天邀我明天去她家吃普渡拜拜，我說要帶你一道去，她說歡迎哩！」

阿生婆婆聽了很開心，出主意到：「我堂嫂剛自鄉下帶來一簍紅土醃鹹鴨蛋，不如你帶去鄭老師家作見面禮！」

阿志腼覥道：「也不用一整簍啦！」

清水伯當下做主：「一整簍確實太多了，帶十個好罷。阿志吃完飯撿十個紅土鴨蛋用報紙包好，明天我到市場買應景的麻豆柚，釋迦，紅柿，裝一個籃子，就很好看了！」

阿生婆婆興緻勃勃地說：「正好我明天要帶高老師訂做的滿月嬰孩服去她家。她也邀我去她家吃普渡拜拜，我們就一道去罷！」

三人一掃平日的孤寂沈悶，很開心地吃了一頓豐盛的晚飯。阿志堅持由他洗鍋洗碗，阿生婆婆說怎麼好讓男生做家務。清水伯說他表姊夫婦下田工作忙，三個男孩都做慣家務。阿志是老二，在家和老大輪流煮飯洗碗哩！老三負責掃地，餵雞鴨餵貓狗。

阿志笑了。說：「我煮飯不行。煮飯是老大包。我洗碗刷鍋子很在行！」

隔天，星期天。颱風掃過後的褥暑大晴日。

阿生婆婆帶著做好的嬰孩服，及一床嬰孩被去高老師家。清水伯換上乾淨汗衫，墨色工作褲，和阿志帶一籃水果與鹹鴨蛋。三人走在鼓波街上，家家戶戶抬出供桌拜拜好兄弟，鮮花，水果，牲禮。並燒著紙錢，期待好兄弟保佑闔家平安，風調雨順。

三人走到碼頭，渡船場人潮洶湧，從旗后搭渡船來的，或從哈瑪星要搭渡船去旗后的，走親戚家拜拜。沿途有幾次有小朋友朗聲叫喚阿志：「林老師來我家吃拜拜！」也有家長親切地來拉清水伯與阿志的手，請他們來做客！清水伯解釋他們已受鄭老師邀約。家長仍熱誠地嚷嚷；「這裡吃過再去鄭老師家啦！……。」陳維眞小朋友熱心地跳出來：「來！我帶你們去鄭老師家！」說完即拉著阿志走。走過漁市場時，裡面寬敞的水泥地刷洗得乾乾淨淨，上面擺了長長幾道長案桌，桌面鋪紅色的布，案桌上擺滿各色各樣的全鴨全雞全魚，水果，糕餅，紅龜粿，每盆食物上插一支香。最前面臨靠港堤的大案桌上，是一隻上百斤的大豬公，豬毛全剃掉，上面蓋滿紅色與藍色。屠宰場官印。豬嘴上插一株帶葉的鳳梨，意即「旺來」。四肢趴在巨大的冰塊上，一副安詳瞑目的姿態。

「林老師！」嘴銜一支煙，戴頂鴨舌帽的張老師過來拍打阿志的肩膀。阿志嚇一跳，本能地縮一下肩膀。陳維眞小朋友適時拉拔阿志的手，人群簇擁過來，阿志趁機脫身。張老師是半山仔，說半鹹不淡的台語，坐在阿志對面，常講一些半挖苦半開玩笑的話，讓阿志難以招架。

走在前面的清水伯向高老師公公打招呼。隔壁就是鄭老師的家。鄭老師的父親是鐵道公務員，爲人很正派，古板。母親卻很多話熱情。阿生婆婆帶嬰孩衣物上樓去看高老師。鄭老師母親招呼清水伯與阿志。她叫阿志：「阿志老師。」很親切地拖住他的手。陳維眞小朋友叫一聲：「林老師再見！」一溜煙跑走了。

阿志跟鄭母走入內屋，阿悠正端出泡好的茶與一組瓷杯出來。大家坐在案桌旁。鄭母吩咐阿悠倒茶給客人喝，自己進去廚房跟親戚女眷忙未了的廚事。阿悠的嫂嫂拿一碟熱熱的她剛做好的紅豆糲糬出來，交給阿悠，意味深長地看一眼阿志，馬上回轉入廚房。

阿悠的嫂嫂在合作金庫做會計。阿悠的哥哥在戰事最後一年被日本人志願去海南島服役，從此沒有回來。當時新婚未及半個月。嫂嫂這七年多來守在夫家，盼望丈夫哪天回來。夜半常偷偷流淚。阿悠和她睡一房，兩人無所不談。阿悠想代課一個月後，去學會計，嫂嫂說合作金庫工作機會多，憑阿悠的聰明，邊學邊做，可以和嫂嫂做同事。阿悠也喜歡教小學，並且和嫂嫂提過她對阿志的好感。

「他是做田人囝仔，師範學校剛畢業。特愛讀書。他桌上都是日文小說，什麼芥川龍之介啦，國木田獨步啦，志賀直哉啦……手不釋卷哩！新近抽上了菸，煙味眞討厭！」夜裡阿悠揮揮手，作出揮趕煙味的樣子，姿態愛嬌可愛。嫂嫂笑說：「妳把他的煙味帶回來了？揮趕什麼呢？」姑嫂笑一頓。

嫂嫂說起高老師新添的小男嬰，眼淚就流下來了：「要是我也有個孩子，下半生也有個寄託。孩子多可愛啊！」

阿悠也嚮往地說：「有個嬰孩，全家都有寄託哩！看高家人每天說不完的嬰兒經，眞令人羨慕啊！」

她們都極力不提哥哥的下落不明，仍私心盼望有天，他會奇蹟地回到家來。

廚房裡，阿悠母親和來小住的姑姑，阿悠嫂嫂，與嫂嫂讀高商的妹妹，合力把剛從供桌上撤下的食物整治成一桌酒菜，一只全鴨和一盤阿姑帶來手做的甜粿已送到漁場普渡供桌上。家裡的白斬雞切了，拌了一小碗薑絲蒜粒醬油的沾醬。烏魚仔也烤好，切小片；配生切白蘿蔔片。五花豬肉和海帶筍絲冰糖醬油滷了一大鍋。白鯧魚乾煎，澆上咖哩汁，這一道是阿悠的最愛。以及清炒白菜，筊白筍，芥菜，阿悠母親最後又炒了一盤米粉，姑姑做了一鍋魚羹，加很多酸菜，是她自己醃的，自鄉下帶來。滿滿一大桌佳餚盛宴，大供桌擺在祖先供奉神位下，好像祖先神祇也熱心來參與聚會，鄭母裡外兼顧，把氣氛弄得十分熱烈。

阿志被灌了兩大杯啤酒，眉頭也解開了，笑盈盈注視著阿悠。穿粉紅色洋裝的阿悠，美得像一朵粉紅色玫瑰花。阿志覺得一生從未感受到的幸福洋溢。他豪氣地拿起酒杯，敬了鄭父鄭母及清水伯，「乾」！真的俐落地仰頭一口乾了！

吃過飯，阿嫂收拾桌子，阿嫂對妹妹和阿悠說，你們陪阿志去港邊走走，看神轎遊行罷！這裡有我！

鄭父鄭母邀請清水伯去隔壁高家開講。姑姑也跟著去看嬰孩。嫂嫂眞的一人留下來清洗廚房善後。她看到阿志，感覺像七年多前和丈夫阿義相親時，阿義的模樣：瘦削、安靜、好學、純良。親戚五嬸婆介紹；雙方父母都見面了，阿義和阿貞才相見。然後提親，文定，結婚，都在兩個多月間完成。他們拍了一張在照相館拍的結婚照，背景是半屏山的布景。戰時一切從簡，阿義仍穿高校黑色制服，戴黑色帽子。鞋子是公公的舊皮鞋，原是棕色的，阿義前一夜用黑色鞋油把舊皮鞋擦了又擦，勉強有點光亮。阿義一身黑，現在想來，有點不祥的意味。但是這是唯一阿義留給她的照片。她自己穿一襲姐姐的和服，約半新。白襪。日式有跟的人字拖鞋。坐著。頭髮梳成髮髻，插一朵絹花；算是唯一的華麗色彩。

兩人都沒有笑容，好像知道離別在即。

照片的假布景上，陽光寂靜。天遠藍。兩人同年。二十歲。

七年的日子悠長，戰後物資缺乏，普渡都草草拜拜。今年是最好的一年。鄉下的親戚帶來自己養的雞鴨鵝。菜市場的肉食供應也齊全，台灣的青蔬果菜原本的一年四季豐盛上市，今年似乎家家約好把普渡拜拜補足過往的拮据潦草，有聲有色地辦起來。

代天宮的神轎，七爺八爺，八家將出巡，鑼鼓喧天的熱鬧儀式，阿貞在廚房忙碌時都聽得一清二楚。她手腳俐落地把碗盤清洗了，菜餚分類盛入鍋裡。一切安置妥當，掛上圍裙，走到前廳，把桌椅也擺整齊，茶具收入廚房。走到門外探看，一隊扛神轎的隊伍正經過，鑼鼓喧天，阿貞扶著門框也熱切地看著。

戰爭加了許許多多的鬼魂們，飄泊無依，趁著普渡鬼門關打開，好兄弟們出來接受祭拜；回去之後也會善待新鬼，並且保佑人間的平安。

阿貞妹妹獨自回來，和阿貞做伴。

阿悠和阿志走向港邊。對岸是旗后，黃昏的霞蔚蒸騰，旗后籠罩在薔薇光芒中，十分輝煌美麗。右方的哨船頭上空聚滿了魚鷹和老鷹，遴巡港灣的魚。

阿悠和阿志默默注視華美的天與海港。身後漁場的普渡正如火如荼地進行著。鞭炮聲此起彼落，紙錢燒香的煙味，食物的香味，人的呼喊，祝禱聲，抬神轎轎夫的吆喝聲，團團把這對戀人包圍。阿悠清亮的眼睛注視著阿志的黑眼睛，笑容漾開，像一朵花的綻放！

阿悠走在前面，阿志跟著她。她沿港堤走到人家的後側小巷；阿志忍不住碰了碰她的手，阿悠轉頭一笑，牽著阿志繞幾個窄狹小巷，轉到家門前的馬路上。兩人鬆開手。正見阿爸和清水伯自高老師家出來。清水伯朝阿志招招手，阿生婆婆也提著空包袱來會合。三人朝阿悠一家拜謝。離去。回山腳下的家。

自此，阿志的眼睛離不開阿悠。阿悠原本蒼白的臉也開始紅緋緋起來。苗條身影穿家常衣裙，永遠是衣裙飄飄的清揚模樣。阿志只有兩件白襯衫，兩條卡其褲，阿生婆婆每天搶著替他洗燙，他永遠是一副神清氣朗的少年仔姿態！下課時分，阿志推著腳踏車，沿著港灣堤坊送阿悠走回家。汽笛聲一長一短，馬達噠噠滑過墨綠色航道，聲響俱烈的風景。他們也沒有很多話說，有時阿志跟她回家吃了晚飯才自己慢悠悠騎車回家。有時他送阿悠到渡船場處，二人站著看一回舢板船搖搖晃晃載一簍一簍的西瓜上岸，看著划船女工身手矯健地把船划開去，一面向岸上的客人喊叫。二人沈迷在港灣庶民風景中，手牽手，站著看到地老天荒。阿悠猛然想起來：我得回去了！阿母在等我吃晚飯。阿爸要罵我了！她俏皮地伸伸舌頭，倒退幾步，揮揮手，跑開了。

阿志的日文小說，一部分是在阿生婆婆家的書架借來看的。一部分是師範同學寄給他的。他最好的朋友，許君，是隔壁村一起長大的同學。兩人一齊考上台南師範學校。府城舊書店是他們常去徜徉的地方。很多舊書是日本人戰敗回國時候遺落下來。許君每回買到一本好書，自己連夜看完，一定很快郵寄給他。他看完才寄回台南還給許君。許君是書痴，收藏文學書是他唯一的嗜好。在台南一間小學教書授課的薪水，十之八九都用來買書。好在家境小康，不用他寄錢回去貼補家用。

這天許君寄給他兩本日文小說：魯迅的小說集。夏目漱石的《倫敦塔》，《我是貓》等小說集。兩本都薄薄的。魯迅的小說集是三篇：阿Q正傳，祥林嫂，在酒樓上。是一位知名的日本作家翻成日文的。阿志在傳達室收到，當場拆了包裡，邊走路邊聚精會神地讀。到教員辦公室自己的座位，他仍一心一意沈浸在書中。他下午班的課，清閒的上午都在辦公室讀書打發時間。

在讀魯迅的書時，他聽到對面的張老師說話嗡嗡嗡；他沒抬頭應答。突然張老師大喝一聲：「林明志老師，你在讀什麼書呀！」

阿志總算從書裡抬起頭來，咕噥兩句，又埋頭讀《阿Q正傳》。正好下課鐘聲響起，阿悠進來。她告訴阿志：「第四堂課我一下課得趕回家去。阿姨全家自屏東來。你明天下午來我家罷？阿姨說要見見你。」最後一句，阿悠降低聲音說。沒想到，對面的張老師耳尖聽到了，他大聲說：「喲，你們兩個不到一個月，已經訂了終身啦！哈哈哈……！」全辦公室人都轉頭看他們倆，阿悠面紅耳赤跑回教室，跑兩步，又回到頭來拿起她的皮包與小洋傘，一溜煙回教室去了。

阿志又氣又急，張老師年紀比他們大，約三十來歲了，老是盯著阿志捉弄他，滿懷惡意。他一點辦法也沒有。最近兩個禮拜來，更變本加厲，每回和阿悠說句話，他一定要偷聽，然後繪聲繪影叫嚷取笑。有的同事看不過，會叫他「福州張，你收斂一點」。

福州張，不是師範畢業的，沒有教師文憑。但是他父親是國民黨福州黨部來台接收，他安插到國小來教二年級，大概在等著更好的差事。他母親生於安平，過繼給大伯父從小隨伯父一家住在福州做生意。長大後嫁給福州人。戰後一家來台。福州張會說一點福州腔的台語。老是喜歡纏著人問長問短。向東家打聽西家，又向西家打聽東家。同事們都儘量不去惹他。

阿志把兩本新到的書放到抽屜裡，等下午放學後再帶回家。晚上讀個通宵。明天是禮拜天。再過一個禮拜，高老師就要銷假回來上課了，阿悠代課中止。

阿志沒有回租處吃中飯，他到阿悠教室外等阿悠下課。站在走廊下的榕樹下，他可以聽到阿悠的教課聲。她的聲音多麼輕脆好聽啊，阿志願意一輩子站在榕樹下聽阿悠自教室斷斷續續傳出的清靈美妙的聲音。她的班在唱「西風的話」：「——去年我回來你們剛穿新棉袍；今年我來看你們，你們變胖又變高；你們可記得，池裡荷花變蓮蓬。花少莫愁沒顏色，我把樹葉都染紅……。」

學童聲音嫩聲齊唱，阿悠邊彈風琴，邊唱，天籟的聲音；阿志歡喜得淚下。

下課鐘響了。阿志站在樹下不動，看著阿悠領著小朋友，兩個一排兩個一排，阿悠帶他們到校門口去。

阿志一直看到阿悠的影子消失到校門外，才回到辦公室拿他的教科書，日課表，等等，走到教室。

因爲周六的課是唱遊日，阿志也彈風琴教小朋友唱「西風的話」。一節課後，隔壁班的老師來和他抬風琴到隔壁班去。他們上完一節唱遊課，再抬到下一個隔壁班。

整個下午阿志忙得暈陶陶的。等周六的課程結束，他幫清水伯把辦公室走廊都打掃了。灑水到操場去，以免風沙吹得教室灰濛濛的。

同事都走光了，阿志鎖辦公室的門窗。打開抽屜要帶走他今天收到的兩本日文小說，怎麼抽屜裡除了一些紙張外，空空的！他的新書呢？他嚇壞了，探頭到桌底下，椅子底下，找不到書的影子！又整個辦公室各同事的桌上都撿查遍，全沒有！他的兩本新書蹤影全無！到底怎麼回事?!全校教職員只有他讀日文小說，從來沒有任何同事向他借過書看！是誰拿走他的書呢？他眼睛看向對桌，會不會是張老師？他今天問他看什麼書？只有張老師對他看的書表示好奇與疑問，他爲什麼要拿走他的書呢？福州張並不懂日文啊！

他充滿驚疑，百思不得其解。教職員都走光了，他也無從問起。他也不知道福州張住在哪裡？他們沒有私交。

阿志悶悶地走回家。阿生婆婆看他回來比平常晚，又悶悶地，親切地噓寒問暖。

「中飯沒有回來吃，餓壞了罷？趕快洗澡，我煮了魚湯。」

阿志神情萎靡地洗了澡，草草吃了飯，下意識厭到不安！好像一道陰影往他頭上籠罩過來，睡夢中他汗涔涔了，福州張不懷好意的臉浮現著，他聽到福州張唁唁如狼嚎的笑聲……猛地他自夢中醒來，坐起身來，聽到籬笆外有沈重的吉普車停下的聲音，軍靴一步一步踩地的聲音，上了幾層台階，撞開籬笆門，沈聲叫道：「林明志老師！」

阿生婆婆還未入睡，很快打開了玄關門，看到五個惡煞凶神的憲兵，嚇得昏死過去！這不是五年前的噩夢重演嗎？

阿志動作很快，已經起身了，打開門，很貼心地叫喚阿生婆婆說：「阿生婆婆，妳去睡罷？沒妳的事的。」他示意阿生婆婆關上玄關的門。

憲兵一腳踢開阿志的房門，三個進去搜察，兩個扣上他手銬。

阿志衣冠不整，頭髮凌亂，雙手被往後挾扯住，銬住的手腕很疼痛。阿志仰頭看星空，夏末的星空多麼空曠美麗！阿志內心平和，不畏不懼，一個下午熬煎的驚惶，原來是爲了這一刻的命運。阿志內心燙熱的印記：阿悠的容顏，也在他調整自己的呼吸間舒緩了。阿悠，認識妳，和妳交往三個禮拜，悲傷的生命已經得到幸福，獲得充盈了！阿志沒有遺憾，今天中午，他已站在榕樹下和她訣別了。阿悠，來生再見了！

7

自辦公桌抽屜偷去的書，魯迅小說集，夏目漱石小說集，以及憲兵自他房間搜走的左拉，國木田獨步……等書，成了他是共產黨的確鑿罪證。憲兵部徹夜拷打他，要問他從犯的名字，他的共產黨集體小組，威脅利誘，他一概不言不語。紅臉對他咆哮。白臉對他溫言善誘：只要他供出五個從犯，馬上放了他！又把筆塞到他解開手銬，鮮血淋漓的手中，要他記下五個名字。他緊緊咬住舌頭，又被吊起來打！至凌晨時，他已氣絕而亡。

一株青挺拔高的檳榔樹，當風摧折了。

8

五〇年代白色恐怖的台灣，是台灣知識分子的枯水期。

愛文學，愛公平正義美好的人生的年輕知識分子，臥骨蕨類中等待腐朽。邪惡的政權視民如草芥，如寇仇，欲加之罪，何患無辭？寧可錯殺一百，不願輕放一人。獨裁的心態經六〇年代，七〇年代，八〇年代，九〇年代，至二十一世紀了，仍在延續中。以不同的手法，不同的更精緻的納人於罪的遁辭，以網路媒體迅速放大，涵蓋全民。獨裁掌控洗腦的政策，何曾消滅？

9

在感覺虛無的過程中，死亡是最大的虛無。

夏日在房間裡。窗外是紛飛的大雪。

漁會宿舍一排兩層樓樓房全空了。因爲長滿了白蟻。日據時期留下的老宿舍。居民也已換了一代。像離枝的葉，紛紛遠揚他方。

10

看著暮色如暮年般降臨。射入西窗的陽光，仍然很熾熱。

礦山人洪瑞麟

陳達

和老畫家洪瑞麟坐著閒聊，他說礦工，我聽著，並且放一張史惟亮灌錄的陳達唱片。

他說在瑞芳煤礦場，有時工人在敲壁挖煤時，山壁裡突然瓦斯爆炸，工人躲不及，一瞬間，堅硬的煤塊山壁被巨力的瓦斯炸成灰末，煤灰飛射一片，打在皮肉上，穿透皮肉，抬出來的屍體，個個都是烏漆如炭塊……

——思啊，想啊，起

枋寮過去走北勢寮
世間做人怕肚餓
艱苦過日求富饒啊……

思啊，想啊，起
四重溪過去是楓港
恆春昔早眞艱苦啊

少年夫妻全希望
夫婦結理一世人……

陳達的歌聲不時塡塞住我們談話的間歇處。

生活眞是艱辛，做工時「給日頭曬得黑痲痲」，日本會社欺凌臺灣人，被「罰跪在鐵枝上輾」，怎麼說得盡？怎麼說得盡生活的悲辛？

這歌聲已成絕唱了。少時爲尋看景天的陳達，流浪到恆春，看到「海水金閃閃」，也看到「黑鯛仔在咬雨傘魚」，一生的坎坷化成悲愴的歌調，然後人長埋地下，歌聲散到風裡。

生命本身是無情的，而我們仍依戀若它，執著著它。

老畫家平靜地敘述礦場生活，陳達的歌聲像一種旁白，一種無形的映畫。在我素描著老畫家的速寫簿上，我的線條十分凝滯了……

原載民國七十一年五月《大地生活》雜誌

榮耀

1

他們興致勃勃籌畫婚禮的時候，我受邀做證婚人，準備了一首長詩要在婚禮上朗誦，祝福他們。半個多世紀前，他們結識時，我還未出生，如今他們各自的老伴去世後，偶然的機緣使他們再度相見，相偕去了一趟巴黎旅遊，陪伴他們的，還有他的女兒，及她的妹妹。旅遊回來後，他回洛杉磯他長子的家，她回日本。那是自她婚後，隨醫生的丈夫爲逃避二二八白色恐怖旅居日本行醫，住了將近半世紀的家。

2

他出生大稻埕一個還算殷實的茶行商家。父親是個業餘畫家，喜歡畫水墨畫。他耳濡目染下對繪畫早已有了莫大的興趣。

十六歲正式拜師習畫，十八歲赴日本習畫。在日本七年受正規的西洋美術教育訓練，中間曾回來一次，初次見到她。她父親是醫生，也是美術愛好者。他一個繪畫青年，受邀去她家做客。一個是留日的知識青年，一個是高女中學生，穿海軍領女學生服，梳兩條辮子。主人介紹給他時說：「這是長女」。他們對看了一眼，他沒說什麼，她也沒說什麼，敬茶給客人後，再拜一個跪禮，靜靜帶著茶杯托盤退出榻榻米客廳。

兩年後，他結束學業回到本島，她父親很熱心的幫他舉辦一次畫展。是他生平頭一次個展，此後四十年間他沒有再開畫展，直至退休後出名了，各地畫廊爭相邀請，爲他開畫展。

她高女中畢業了，穿一件淡色和服來畫場中。畫場鬧烘烘的正在布置。他的畫，大部分在日本隨處寫生的油畫，畫東京郊野、畫北海道雪原上的行人：近景是兩個穿著臃腫雪衣的行人，遠處是一些單薄衣物貌似工人的人物。他畫的人物很像楊逵寫的東京下層階層的人物〈送報伕〉中的人。和他同期的熱血台灣青年一樣，他也有社會主義理想的傾向，只是他專注於繪畫，以繪畫表達他對本土的關懷。他木訥，不善言辭，不適合在大庭廣眾下發表他的社會主義理論，像他敬佩的楊逵前輩那樣。毋寧，他是實踐者，繪畫就是他對人間理想的實踐。他也是個浪漫主義者，對美的人與事物，由衷的讚賞，一絲不苟畫入他的畫中。

她靜靜走入畫場，一眼見到那幅畫兩個台灣女子坐在植滿亞熱帶台島花卉的陽台上，一個女子在替另一位梳頭。畫面有一種燥熱的盛夏蓬勃氣息，濃重得像野獸的呼吸，而女子是安閒謙和的，坐姿很隨意，穿著很家常，是一種家常女子梳頭妝扮舒心的美。

女子寧靜站在此畫前久久未移動。年輕畫家自她一進來就發現了她，目光一直尾隨著她，在她站在畫前數分鐘期間，他牙齒上下哆嗦打著震顫，掙扎著怎麼趨前開口和她說話。遲疑間，見她略側一下肩膊，美麗的黑髮抖動了一下，像一匹黑錦緞的搖曳，她好像要移步到下一幅前面了！

他急忙趕到她旁邊，和她並立在畫前，他指著畫，靦腆的說：「畫我嫂嫂和妹妹哩！」他力持鎮定，又加一句：「就是上次回來時畫的！」他勇敢的說完，可憐巴巴的站在一旁，像等著被宣判的刑犯。

她也同樣害羞，特地揀開幕前來看畫展，無非是害怕遇到人群，尤其害怕遇到他。

此刻，他站在她身邊，他的畫在她前而，好像他整個人剝開了殼，原始內在的眞面目展在她眼前，任她瀏覽。她突然忘了害羞，心胸像吹氣般脹大，鼓鼓的，沒來由的極度歡悅，要大聲笑出來！

「啊！」她力持鎮定，開口發出一個音，趕緊閉上嘴巴，怕笑聲會自肚腹滾滾掉落出來。她無法開口，腳踵開始覺得艱難舉步，剛剛想笑，現在一刹間，倒想哭了，眼淚冒在眼眶中，嘴唇卻是微笑的，像一株含笑花。

年輕畫家癡癡看著她，恨不得請她立定不動，他好飛奔回家把畫具、畫架全搬來，好好描畫她那含羞帶笑的美麗容顏。

她柔順的隨著他移步，聽他一句兩句對畫的指點，把已掛好的畫全部看了一遍。

她略微駝著肩背的姿影眞是美極了！站著微微側著頭臉專注聽他說一句半句話時，溫柔間透著她靈敏的表情，好像說：「你說的一切，我全部懂得」。他的心，痛徹至極成爲狂歡！自上次，兩年前，初次見她穿高女學生制服，跪坐在榻榻米上，沉靜得體的倒茶的可愛姿態，他一直忘不了她！他沒有向任何人提及。但是，現在，他靈光一現，知道必須傾吐他的祕密。他一直在等這一天，再看到她！

「我送妳出去坐車吧！」他率性的提出要求，未等她回答，即大步踏出門外，等她。

她順服的尾隨他出了畫場，落後半步之遙，由他領著走到離畫場兩個街口外的公園去。

3

他終究沒有娶到她。她已有未正式的婚約，和一位留日習醫的世交之子。是雙方家長口頭上多年前的約定。

他連正式請媒人向她家提親都沒有，當一位熟悉她家的父執輩無意中向他說，她早已有婚約時，他即自覺敗陣了，他不敢莽撞的向她的父親爭取她（後來多年中，他不是不後悔的，她父親對他愛才愛到極點，鑑於他對美術狂熱的喜愛，一定不會斷然拒絕的）。儘管他知道，那個婚約沒有正式提親，約束力只在於雙方家長有多堅持罷了。如果兩方都無異議，就水到渠成，順利成親。倘若一方有異議，對方也會很君子的讓步的。但是年輕衝動的藝術家，雖然浪漫，但他的靦腆大於他的浪漫，他的感恩圖報大於自己對愛情的憧憬，儘管對佳人朝思暮想，他卻連向對方父親透露一點點自己心意的試探的口風也不敢。禮教約束了他的口舌，綁住他追求愛情幻影的飛翼。他動彈不得。絕望的啞巴。

在無可排遣的絕望中，他進礦場工作，狠狠要把自己埋進地底去，過沒有光明、沒有想望的黑暗的日子，遠遠離開他的致命傷心地。

三十五年間，他亦娶了一個賢慧美麗的妻，有了家小，仍矻矻作畫，成了有名的礦工畫家。他的青春時代的愛情夢應該褪色了吧！

一九七八年他喪妻後，原以爲從礦場與教畫的學校退休後領的退休金，就獨自沒沒無聞畫完他最後的日子吧。沒想到，他的礦工畫被媒體炒熱，一夕成名。連遠在日本的她，也知道他的近況了。他在一次隨畫壇友人出國訪尋日本學生時代的友人時，不期而遇，見到她。已喪夫多年的她。

4

她仍雍容美麗如昔，溫煦、善解人意。

他仍精神煥發，對畫的狂熱如昔。

雙方的子女都樂觀其成。分布在日本、台灣、北美各地的她的子女都齊集了。他的兩個女兒很能幹的把教堂及一切結婚細節都打理得井井有條。婚禮前日黃昏時，老畫家坐在女兒家，看女兒操持家務準備晚餐，他靜靜靠在窗前的坐椅上，把流水的過去，像發黃的書冊般靜靜翻讀了一遍：窮苦的留學生時代。戰爭。配給。戰爭末期，他在瑞芳坐過日本人的牢獄。堅強的妻。二二八。謝雪紅。逃亡的台灣知識分子。下獄。死亡。他的同輩的台灣青年。礦場災難。耳聾的礦場女傭，每天工作是，要燒水給剛離坑的礦工洗澡，洗掉煤灰。礦工們脾氣不好，動不動會遷怒女傭，大聲責罵她，每個女傭都做不長，最後找來一個聾子女傭，才總算可以待下去，因爲她對所有礦工的叱罵，一概充耳不聞。

老畫家回想到這裏，女兒來叫吃晚飯了。

次日，大清早，電話鈴尖聲刺耳的響起，早晨六時。婚禮在晨十時，九時半他們說好在教堂會合。

電話是對方的大兒子，從德州把母親送來此地親戚家。等母親結婚後，預備護送兩老到洛杉磯老畫家獨居的小公寓中。一個很孝順的中年醫生兒子，這半年來，母親一直住在他家。他語氣平緩的說：「母親昨天半夜即感身體不適，血壓高到危急狀態，凌晨送進醫院。母親的意思是，婚禮取消。她等身體狀況穩定後，打算回去日本的家，然後就不再來美國了。」她的兒子很委婉的把事情解說清楚。

老畫家似乎預感會這樣。他平靜吃著女兒烘烤的兩片土司麵包，喝一杯茶。很燙的紅茶，他忘了加點牛奶，也不覺其燙。就一口一口，把整杯喝乾了。自己慢慢走去廁所，解完了尿，回房去取了一頂他常戴著出去散步的扁扁的鴨舌帽，開門出去散步。他走到離女兒家二十分鐘遠的小公園的水池畔的長椅凳上坐下來，看著池水中游來游去的水鴨。遠遠走來一個孩童，七、八歲時期的女兒；走近時，卻是中年的女兒，遞給他一個紙包的三明治說：「爸爸，不要坐太久，等餓了，吃了這個三明治，就回家來！」沒得商量的語氣，很像老妻哩！老畫家想著病苦解脫、撒手而去的老妻，突然老淚縱橫了。好在，公園裡的星期六早晨八時半，社區的上班族還在睡覺，公園裡只有鴿子與水鴨，沒有人。他盡情流了一回淚，感覺有點餓，就把女兒替他做的三明治，一口一口吃完了。吃完，果然聽從女兒囑咐，就一步一步走回家了。一路上，有一隻松鼠一直跟隨著他，跑跑跳跳。快到女兒家門前，松鼠一溜煙爬上楓樹上，他站立，抬頭眼隨著松鼠竄高的身影，看一樹抖動金色葉片的楓葉，一張張像張開掌心的手掌，在風裡向他嘩嘩搖著手。十月了，楓葉的手，正在轉成赤紅色，像那年和他的畫友們登新高山時，沿著山道搖手又拍掌的金色火紅的楓樹與槭樹。生命狂歡的金色的榮耀啊！

5

他的身體自此節節衰弱了，進出醫院好幾次。他一向不多話，情緒也平穩，就安安靜靜的生活著。偶爾拿起鉛筆和速寫簿，畫畫桌上的水果。有時興致好時，吩咐女兒買些螃蟹回來，把螃蟹燙熟了，成橘紅色，放置在青花碟上，再鋪一方藍格白底的桌巾，旁送置一條紫紅皮的番薯，一串水晶綠的葡萄，挪前挪後，把靜物位置擺了半天，還是後期印象派把靜物擺設成不等邊三角形的位置最合眼緣，看了覺得妥貼。他興致極好，矻矻不停畫了四個多小時，完成一幅十寸乘十四寸的小幅水彩畫。

6

這是一個好的真實的故事。

一九九六年

鐵道黃昏

——叫著我，叫著我
黃昏的故鄉
不時在叫我……

八堵火車站。

日據時建造的台灣鐵路網。把台灣多山、參差平原港口海岸的錯綜地形，連結得四通八達。

鐵道縱橫的鐵軌，延伸到山海之外。鐵道風景非常美。非常迷人。火車穿越的地形，延伸、開展，像歲月的穿梭；令遠方更遼闊。令人生的夢境更無止境。

我在八堵火車站工作。二十歲。家住車站旁的山腰上。每日聽到火車汽笛叫聲，我即奔向車站去上班。在日據時代長大的人，都被教育或敬業、守法、帽子戴正、制服洗淨燙平、穿戴整齊才去上班。不管職位的高低，每個人的工作態度認眞，不歪哥，不說謊，不欺騙，不貪汙，不害人。誠實正直是做人的根本。

一九四七年國民黨的軍隊來台，眞是嚇我們一大跳，軍服既髒又破爛。綁腿像破布般拖在腳邊。挑著鍋碗，大呼小叫地說著台灣人聽不懂的話。很會作威作福，大聲斥喝台灣人。隨便搶劫擄掠台灣人的身家物品。又凶惡，又野蠻。

台灣人第一次看到「搶劫」、「貪汙」、「強姦」這些名詞代表的行爲。兩年來台灣人受夠了國民黨士兵的欺負，已經忍無可忍了！

二二八事件後，一九四七年三月一日。澳底來的兵扶要到基隆買菜。他們一向不買火車票，十來個帶鎗帶刺刀，上了火車廂，不由分說把老百姓趕下車。乘客攜帶的物品或被他們據爲己有，或被抛出車窗外。然後霸住車門，不准別的乘客上車。

那時是二次大戰剛結束沒多久，台灣仍然很窮。火車車班很少，乘客很擠，交通工具只有這班火車。霸佔車廂的士兵令乘客憤恨不已。忍耐多次的台灣人受夠了，當場和國民黨士兵打起來。八堵車站員工趕緊來制止。受傷的乘客都自行療傷，回家去了。受傷的國民黨士兵，已受到八堵車站站長緊急安置他們在站內休息。很快請鎮上醫生來診治。下班車抵達八堵站時，站長安排他們上車。給他們白坐火車，以爲事情已完結。

沒想到三月十一日。國民黨士兵自中國招來大批士兵，自基隆外海來了數艘軍艦，一抵達基隆港，即猛烈掃射基隆街道上的行人。然後大批自中國來的國民黨士兵登上火車到八堵火車站，要站長交出和士兵在三月一日打架的人！

站長說他們是當日的乘客。他們被有武器的國民黨士兵傷得更重。士兵們咆哮，在車站上隨地用刺刀刺入穿黑色制服的鐵道員工身上。有誰要逃跑，馬上不由分說，一鎗斃命。

然後士兵要站長把三月一日上班的員工都叫出來，排成一排。要他們靠牆下跪。準備用機關鎗掃射。

車站月台及鐵軌上，已有多具無辜的員工和平民屍體。血跡斑斑。婦女和孩童也是他們掃射的目標。

我是十來位被臨時拉來的鐵路員工之一。士兵虐打我們，把我們趕上一輛軍車，載到八堵郊外的荒地，斥喝我們跪地趴土挖坑。每人面對坑跪下，自背後射殺我們。我們跌入坑中。沒死的，就被活埋。

沿著八堵鐵道，到基隆港。國民黨以美援的武器，報復與台灣人生活上起的衝突。基隆港飄浮無數被鐵絲穿手掌綑綁在一起的無辜市民屍體。

我的二十歲生命中止於這場浩劫。

八堵至基隆的鐵道上，親人沿線呼喚被虐殺的冤魂。我的母親，弟弟，妹妹，一路喊我的名字。他們沿鐵道尋找我的屍身。

我的血汙身軀已歸於土坑。同伴們輾轉悲泣竟夜。而親族無法尋聲來領屍回去安葬。

腥風血雨籠罩我生長的小山陂。落日沈重。我的阿娘。我的弟弟妹妹。在飢餓中渡日。我的薪水已斷。鐵路局也沒有撫卹金。

八堵火車站。我最依戀的家鄉小站。我出生成長的原鄉。落日如此沈重。我逡巡在阿娘與弟妹悲泣窮困的家中，無法出聲安慰他們。無法分擔愁苦。無法繼續我喜愛的火車站員工的職業，賺取微薄的薪水，養家活口。

我的靈魂輕如微風。

我注目其後的年月。母親挑起重擔。弟妹艱難長大。台灣困縛於國民黨外來政權的殺伐、壟斷、獨裁、殘暴掠奪的惡政中。仍未翻身。至今，仍未翻身。

田鷸啼叫的時候，
共和國即將誕生

驟雨初歇。街市泥濘。

我潛回台灣，已經兩個月。

大學畢業，當完兵，即出國去留學。唸土木工程系。拿到博士學位。我在美國北卡羅萊納州一家大公司作工程師。我的能力，我的敬業，使我很快升上總工程師的位置。我的上層老闆，就是董事長了。他是個年輕、有理想的實業家。非常欣賞我的工作能力與態度。

我和青梅竹馬的戀人，組織了家庭。有兩個可愛的孩子。

但是我心裡最掛念的是：我摯愛的祖國家鄉——台灣。我已九年無法回台看望父母親友。

故鄉台灣的召喚，清晰、持續，綿綿不斷。

我在五〇年代末期，白色恐怖籠罩台灣時，出生於台南。家庭成員受國民黨殘暴迫害，深深烙印全家族共同的血的烙印。

讀書上進，是我們唯一的出路。唯一的活口。

父母親期盼我讀好書，出國唸學位，把自己的家建立好，父母親就心安了，下一代的成就是全家族的榮耀。此外，無所求了！

我在工作與家庭兼顧的繁忙生活中，心中明確的故鄉的召喚，從未停歇。

台灣要獨立建國。

國民黨對台灣予取予求的恐怖統治，必需徹底結束！

一九四九年以來，國民黨沒有經過台灣人的同意，強行霸佔台灣。吃台灣。喝台灣。掠奪台灣。踐踏台灣。歧視台灣。出賣台灣。無所不用其極。豢養抓耙仔，監視美國各大校園的台灣學生，打小報告，使留學生上黑名單，回不了家。

一家強行借殼上市的空頭公司，恣意蹂躪台灣。台灣人屬於南島種族。像太平洋島嶼的原住民一樣。台灣人有自己的種族淵源，自己的文化混和。不是國民黨無恥地欺瞞台灣人爲「漢族」。

有識之士的台灣人，必需站出來，對抗這外來邪惡政權。

我很早就參加了海外的「台獨聯盟」。我取得妻子的認同，是時候了，我想回台闖關，然後把聯盟自海外遷回台。是行動的時候了！我不再觀望。不再遲疑。

和大老闆辭職的時候，大老闆嚇一大跳，美國是個移民國家。通常第一代移民建立了事業後，會更向上層推進，爭取更成功的事業頂峰，爲下一代打基業。

但是我放棄垂手可得的成功事業。我要放棄我的所有與所得，赤手空拳回我的國家，去幹前途未知的革命事業?!

我的老闆基於愛才惜才，極力挽留我，極力要說服我：保留我的職位。留職停薪。他甚至願意提供我的工作總部作爲我的「革命總部」。我可以一邊回台幹革命，一邊仍做他的左右手工程師。

總之，他願意全力幫助我的革命事業。只要我不辭職。

我很感激老闆的賞識。但是，我想家鄉需要我投入全部心血，去改變現狀。

我跑美國和加拿大，去拜訪台派前輩，知識分子。得到的結論是：我要闖關回台！把家小搬到美國西海岸，台灣鄉親聚居之地。我考慮到，萬一我回台被逮捕，被二條一投入死牢；妻子有工作可以養活小孩。同鄉會幫她站穩自己。比在北卡羅萊納州的空曠孤獨好。

我以自己的方式回到家鄉，如魚得水，借住很多陌生人的地方，沒有人對我懷疑。我知道抓耙仔在海外老早把我放入「黑名單」中。他們一早也已知道我正在台灣四處游走。但是未能掌握我的行蹤。我一直未回台南老家。知道特務一定老早等在那裡。

直到在台東一個小鎮，我打長途電話到洛杉磯家中，和妻子談了一句。這個電話被抓耙仔截收到了！

國民黨當局如獲至寶，開出搜索令，懸賞獎金，取到我的行蹤報案者，可獲賞兩百萬台幣！

我的照片被發佈到各警察機關。我的長相太平凡了！就是大眾臉。有次我請友人在警局前，有三、五位警察聚著聊天。我站在他們側旁，朋友替我拍照存證。警員們只顧聊天，毫無知覺；在他們身邊兩百萬台幣的肉票驚鴻一瞥，飛了！

後來懸賞獎金加到兩百二十萬。我是全台頭號通緝犯，身價比擬江洋大盜啦！由此可見，國民黨爲自己視民如寇仇的本質，是如此拙劣卑格，幾乎成了黑色幽默了！

我由友人放出風聲：我將現身在一九八九年十一月二十二日，台北中和體育場——周慧瑛、盧修一聯合競選造勢晚會上現身！

國民黨軍警鷹犬如臨大敵，滴水不漏，團團圍住中和體育場。場內萬民沸騰了！不斷呼喚我的名字：郭倍宏，郭倍宏，郭倍宏……，一聲又一聲，響徹雲霄，後來才知道，我的父母親友，多年不見我，都自台南趕來中和體育場見我現身！場內不認識我的人都熱情澎湃要護衛我，不准軍警有所動作，他們呼喊的聲音，是緊密要護衛我的聲音。

全場震撼了！在我在台上現身那一刻！

之前，友人用摩托車把我自住處載出來，走錯地方，幾乎自投羅網到軍警局去了。好在友人很機警，馬上轉換方向開足馬力，安全送我到台上！

我原本打算束手就擒。能在萬人面前把台灣獨立大聲喊出來，被抓被關被殺，也不枉此生了！

革命的意義，就是無懼地奉獻，奉獻自己，把自己當祭品，完成眾人的偉業——建立台灣，推翻國民黨！

我打定了主意。所以在燈光聚焦下現身時，我面容很決絕。很沈著。義無反顧。

台下如此激昂地呼喚我的名字，一聲又一聲，我感到重大職責在身，我不可以隨便受擒，辜負台下群眾的寄託。我這麼熱愛台灣。台下的兄弟姊妹們以同樣的熱忱回報我。

我開口介紹自己：「現在身價兩百二十萬。我們要建立新的台灣國家，推翻國民黨……」。

台下呼喚我的名字的聲音激越了，不准國民黨強行逮捕我，否則暴動即將發生！國民黨軍警沒有誤判情勢，不敢肆意下手。

我演講完畢。民眾大聲歡呼，不停呼喊我的名字。主辦單位突然熄燈。全場一片漆黑。民眾戴上手中「黑名單」三個字的面具。我自己也戴了一個。友人在黑暗中把他的黑夾克換上我身上的白夾克。

全場燈光再亮。民眾有次序地向出口移動。每個人戴一個「黑名單」面具罩住整張臉。成千上萬警察無法一一掀開面具來比對我的臉。他們抓住幾個像我的人，比對出來，都不是，就放了。

我仍由騎摩托車友人載到安全地方。過幾天，我又翻牆回到洛杉磯，和妻小團聚。媒體稱呼我爲「蝙蝠俠」。

過一年，我眞的把「台獨聯盟」遷回台。大大方方在機場被扣上，入牢房。在牢房我開始受妻子影響，讀聖經。了解基督教。和妻子一樣，成爲堅定的基督徒。助我渡過牢獄日子。

那是李登輝時代。友人在獄外反對戒嚴遊行。李總統從眾要求，去除二條一刑法。我也出獄了。

從三十一歲到六十一歲。我回到本行作土木工程師。然後以賺來的資金，再奉獻給台灣獨立運動。

「田鷚在田野間啼叫的時候，共和國即將誕生」！

我深信。我感知。台灣共和國的名字，在一九八九年十一月二十二日中和體育場群眾呼喚我的名字，合而爲一。田鷚的叫聲，更爲頻密了！

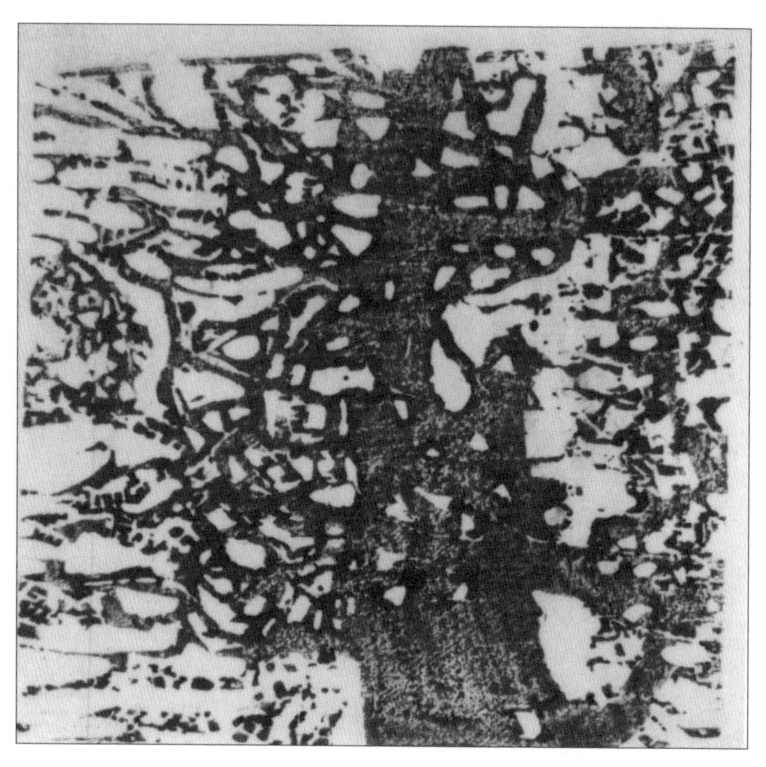

南方的榕樹

——我們是小國小民

也是好國好民

告別一棵樹。

南方的大榕樹。

我以無畏焚燒自己。

革命熱情，因人而異；我的伙伴們，我選擇最激烈的手段。

我們摯愛的台灣，仍受困於蔣家獨裁統治。我們追求新憲法，新文化，新台灣。爭取百分之一百的言論自由。爲鼓吹言論自由，我們的雜誌，出版一期，就被禁掉一期。

我入獄。我不屈服權威。

「未來的發展是難以逆料的。但我們始終相信，只有靠人民的力量，全面覺醒，台灣才有公理正義降臨的一天。」我爲文疾呼。

和伙伴上街拉布條抗爭。被國民黨軍警層層包圍。被打得頭破血流。

我認爲：——政治不民主，是因爲犧牲的還不夠。——

滿腔熱血爲獨立。

台灣要建國。

我不畏犧牲。犧牲是必需。

在日常生活中，我是好丈夫。好爸爸。

愛妻是我最好的生活伙伴。我喜歡掌廚做菜。我是家裡的菜籃族。提著菜籃去菜市場買新鮮魚肉蔬菜水果。自己搭配想好的菜單。和小販話家常。聽市聲喧嘩。聞著市井各種氣味。讓我回想到童年時和媽媽去菜市場買菜。

我是長子，經常幫媽媽提沈重的菜籃。聽媽媽和每家攤販打招呼，交換市井消息。我樂在其中，人的風景，食物的豐美繁富，都令我興緻盎然，一點都不會有青少年家常的不耐煩。

回到家，看媽媽怎麼把買來的食物歸類。排骨要滾蘿蔔湯。雞隻要燙開水，抹鹽。晾半天。做白切雞。米粉要先浸水。做炒米粉。虱目魚要去鱗，鹽醃乾煎……。母親在基隆長大。和福建來的阿山結婚，是有點受到議論的。但我的父母兩人都很勇敢。又很本份。影響我們兄弟的成長過程。是既勇敢，又本份。

愛妻有很好的工作。收入穩定。我專注辦雜誌，寫文章抗議不公不義的政權。我一手挑起買菜煮食管家的任務。我喜歡做家務。喜歡把妻子女兒餵得飽飽的。

我和女兒很親，她還是嬰兒時，我就常常把我的工作，我的文章，我的任務，我的夢想，鉅細靡遺，講給女兒聽。

嬰孩時期的女兒，有一雙好耳朵。

她睜著大大的眼睛，專注聽我講話。又聰明、又貼心、又乖巧。我摯愛的女兒。是我的知音。

從一九八六年到一九八九年。

絕對的權力，絕對的腐敗。

獨裁者的大中國沙文主義，把台灣推入無邊的黑暗網絡中。人民像被黨國餵食了迷幻藥，茫然不知道作爲一個國家的主人，你的公民權利在哪裡？

答案是：百分之一百的言論自由！

街上，人們舉牌在雨中行走。寫我的名字。哀戚凝固每個人的面容。他們在悼念我。

火光在隊伍中熊熊燃燒。另一個年輕的台灣志士，詹益樺的軀體，投入火中。他的體溫化成青烟，與我並行。

共和國獨立宣言的旗幟，有火。有血。沒有花朵。

潮汐來去的河岸。一群麻雀飛來。每一隻麻雀抱住一株狗尾草。草吃不住麻雀的重量，左右搖晃不已。麻雀一隻隻飛來，又飛去。狗尾草叢整片無風而搖蕩。

片刻，百來隻整群麻雀呼嘯而去。河岸草叢於是變得空空蕩蕩。

空蕩得容得下一個世紀的穿鑿和附會。

我的故鄉人民，被當權者剝奪了百分之一百的言論自由。被釘住的靈魂，無法動彈。

麻雀群飛離岸灘之後，烏鴉在原地等待。

烏鴉噤聲在最深沈的夜裡。

血與火與灰燼屍身的革命，是一則燙金的寓言。
青春腐朽成灰。
英雄靈魂垂掛在島上榕樹的長鬚。
墨綠色的榕樹。枝椏無牽無掛四處伸展。拓植。攀爬。
無畏的生長。
綠色版圖的福爾摩沙。
台灣共和國。
必需完成。

好好生活，
一定要幸福哦

我一手拿著川端康成的日文小說《伊豆舞孃》，一手拿筆在稿紙上，讀一行日文，現譯一行成中文。

川端康成剛得了諾貝爾文學獎，是日本唯一榮獲瑞典文學大獎的作家。台灣的讀者一向喜歡讀日本文學。本本暢銷。出版社急急推出川端康成所有著作的中文版。出版社老闆捧著稿費上門來求我翻譯。

老闆很阿莎力地說：「別家也譯川端康成，那是別家的事！我們先譯出來，日夜加班印好，早一日上市，排在書店裡，我們就贏了！」

老闆哈哈大笑，樂不可支！

「迫不及待嗎？」我傻傻地問。

「應讀者要求啦！……」。老闆興奮地兩眼發光。

教了一天書，剛吃過晚飯，出版社老闆即上門來。他知道我小時候隨親戚在日本生活。日語是我上學第一個學習的語言。中文是十來歲回到老家溫州，才重新加強學習的。我的中文老師之一是朱自清。連我的中文學名也是朱自清老師取的——金溟若。這名字很有日本名字的味道。我很喜歡。以後成年後，我一直用這個學名，走天下。

老家是望族。子姪很多。不知何故我被挑選到日本去受教育，成長。日本的生活習慣，文物風景，一直尾隨我的日後生活。童年的印象深深烙印我一生。有時候覺得溫馨。有時候，卻覺得失落。無所適從虛無感。

這是因爲童年的日本生活經驗是美麗而平和的。安靜。寧馨。青少年期回到家鄉後，沒多久，戰亂烽火四起。動蕩不安。成年後的我帶家小歷經千辛萬苦逃難到台灣。台灣處處有日本文化的影子：榻榻米。米飯。味噌湯。烤魚。以及台灣婦女走路的步調。說話腔調。在在都勾起我幼年清晰的日本經驗。有一種懷鄉般的詩意感。……

眞是始料未及哩！

當然是因爲台灣給日本統治了五十一年。日本化的痕跡隨處都是。令我舉家倉惶逃難的心境平復不少。好像回到童年的家鄉一樣。

我整頓好心情，很快譯出：

——在山路微彎將臨天城隘口時，雨絲把茂密的森林染白。又迅速地從山麓追上我……

——藏青色洒白點的和服……

——黃昏的雨漸濃，遠山近巒一片白茫茫……。

——十四歲舞孃有一雙閃亮烏黑的大眼睛。雙眼皮的曲線有無法形容的俏麗。然後，她像花一樣笑了。

——籠罩下的市鎮。黑暗的市鎮。輕微的鼓聲不住自遠方傳來。眼淚竟無緣無故地淌下來。

——相模灣的海灣洶湧。

——「你碰到什麼不幸的事麼？」

「不，只是剛跟朋友離別」。

孤兒的心態，得到一點友伴的關懷，即感動得無以復加。

——往南伊豆處漸漸露出一小點亮光。

《伊豆舞孃》

翻閱原著，一面邊讀邊譯的書寫間，童年日本家屋人情風景一併展現。隔壁鄰居的說話聲。孩子玩鬧聲。風吹過屋簷，簷前樹葉吹拂聲……；和我現在教書，和妻子養六個孩子，鄰里住家開門關門，木屐走路聲，說話聲，廚房炒菜聲，潑水聲，市井聲音微妙摻雜混聲的交響樂。把我包圍其中。我的童年交疊到現在的爲人夫，爲人父，爲人師，多重身分的交纏。我的人生映畫重疊，錯綜得不可思議哩！

川端康成的文字挑動了我的百感交集。一種美好而空白的心境。好似有一種聲音，越過童年、少年、成年、逃離家鄉、安插到目前熟悉且陌生的住居中，回聲般的叮嚀，來自家鄉

好好生活，一定要幸福哦

的父老，若有似無的呼喚：

——好好生活，一定要幸福哦！……。

國家圖書館出版品預行編目資料

台灣好男 / 洪素麗著
-- 初版. -- 臺北市 : 允晨文化, 2022.08
面 ; 公分. --（當代名家 ; 92）

ISBN 978-986-98686-9-3（平裝）

863.57 109012913

台灣好男

作　　者：洪素麗
發 行 人：廖志峰
執行編輯：簡慧明
美術編輯：劉寶榮
法律顧問：邱賢德律師
出　　版：允晨文化實業股份有限公司
地　　址：台北市南京東路三段21號6樓
網　　址：http://www.asianculture.com.tw
e-mail：ycwh1982@gmail.com
服務電話：(02)2507-2606
傳真專線：(02)2507-4260
劃撥帳號：0554566-1
印　　刷：中茂分色製版印刷事業股份有限公司
裝　　訂：聿成裝訂股份有限公司
初版日期：2022年8月

定價：新台幣300元
ISBN：978-986-98686-9-3

好男

台灣

好男